野人

手斧男孩5

# 獵殺布萊恩

Brian's Hunt

[ 蓋瑞・伯森◎著　奉君山◎譯 ]

# CONTENTS 目錄

# 前言

在《手斧男孩》中，十三歲的小男孩布萊恩，因為飛機失事，墜落在杳無人煙的加拿大荒野之中。僅憑藉著一把小手斧，以及危難中激發出來的機智與勇氣，布萊恩獨自存活了五十四天，終於獲救。

距離第一次荒野考驗，已經過了三年，身處荒野更覺如魚得水的布萊恩，不斷重返森林。當他又一次獨自進入荒野時，一隻受傷狗兒的哀鳴吸引了布萊恩，也成了他的新夥伴。這隻受傷的狗身上，帶著布萊恩百思不解的重重謎團：牠究竟來自何方？主人是誰？究竟被誰或什麼東西傷害？不安的直覺，驅策著布萊恩向北方前進，也一步步踏上了一頭惡魔般的黑熊，為布萊恩所布下的奪命陷阱。

《獵殺布萊恩》，人與熊，兩者都是獵物，也都是獵人，機智與勇氣是決勝關鍵。

——編者

# 1 嘗試家美人記

他再次回到自己的天地。

時值盛夏，即將入秋，布萊恩回到化外的蠻荒之地，或者用他自己的說法：他回家了。

他有獨木舟和弓箭，這回更帶上了乾糧：豆子、白米和方糖。還有一小盒茶葉，他現在懂得喝茶了；一套簡便的炊具，還有個罐子，在獨木舟上生火時，在罐子裡擺些葉子，就可以製造煙霧來驅趕蚊蚋蒼蠅；另外還有鹽巴、胡椒，甚至火柴，這可是個大幫手。

能夠隨心所欲地生火，是多麼美好的事；每當他坐下來煮飯時，都會笑著想起他的荒野生涯是如何展開的。那次孤獨的初體驗。

他以前經常夢到那些事，剛開始，夢裡有時會帶有噩夢色彩。他夢見只有自己坐在小飛機裡，駕駛死了，飛機墜落湖裡。有時他會嚇得猝然驚醒，呼吸急促。

墜機這件瘋狂的意外，讓他完全無法掌控。這幾年來，隨著年齡漸長，他愈來愈懂得處理困境，墜機也就愈顯得不可思議；一路搖搖晃晃撞穿森林，狂不可遏，到最後不是平安降落，而是落入水中，險些滅頂。在噩夢中，彷彿要死沒死成，又要再死一次。

但真正的噩夢其實很少，隨著時間流逝，愈來愈少。現在他做的夢，都是他第一個月獨自在森林，在大自然中愉快的回

憶，甚至還有非常搞笑的情節：臭鼬把熊趕走，搬進他的住處；或是吃了太多嘔吐莓——他後來才知道那叫做野櫻桃，可真夠野了；或者是一隻山雀停在他的膝頭，從他手上啄食。

兩年多以前，他那時候還太……年輕。才十六歲，就大多數人的標準而言，還算年輕，但他現在老練多了，那時候他的舉止比較孩子氣。不對——好像也不是這麼說，應該是「嫩」。他那時候還太嫩，現在或許已經不那麼嫩了。

他停止思考，讓外在的一切進入他敞開的心胸。他置身小湖東岸，日正當中，蘆葦和蓮葉之間應該有些小魚，不論是太陽魚或藍鰓太陽魚，都很美味，他得抓幾尾，做成他一天一頓的熱食。

太陽高掛天上，晒暖了他的背，卻沒有這星期一開始時那般熾熱。雖然熱，但不悶。夏季已近尾聲，秋天即將到來。左手

邊有潛鳥啼鳴，但並不憂傷，不是因為雛鳥被狗魚或鱸魚叼走。雛鳥已經大到懂得別讓危險落到自己頭上，所以不太需要像剛孵出來時，要跨在母鳥的背上，才能以策安全。牠們快要會飛了。

布萊恩藏身在蓮葉中，突然，有什麼東西在岸邊的樹叢間移動，嘶嘶沙沙地穿過濃密翠綠的葉片。雖然聽起來煞有介事，卻弄出了很多聲響。

布萊恩知道，那可能是隻松鼠，甚至只是隻老鼠。當牠們行經地面的樹葉和腐植土時，會毫無節制地弄出許多聲響。如果是鹿、麋鹿或熊的話，應該會有沉甸甸的腳步踏在地上，但這會兒並沒有。而且，熊在行進時，往往非常安靜。

出獵的鷹或隼會發出高頻率的長鳴，呼喚伴侶。布萊恩還無法準確分辨出鷹和隼的叫聲。

有頭土狼在叫。不是狼，聲音不夠渾厚，不是呼喚，也不是長嘯或歌唱，比較像是憤怒的叫聲。

他聽過這種叫聲。當時他看到一頭土狼，在一根巨大的老松木旁獵抓老鼠。木頭下有個洞通往兩側，老鼠可以在木頭下面，穿過洞穴前後跳動。土狼則是得繞一大圈，或從木頭上跳過去，但老鼠只要在下頭前後竄逃，就可以躲開牠了。

土狼想盡法子：埋伏、守株待鼠、在下頭挖個洞讓自己容身，才能夠來回跑動，但是都不管用。牠試圖捕捉老鼠，一個鐘頭過後，牠站在木頭上，輪流俯瞰木頭兩側，然後抬起頭，盯著布萊恩，彷彿早就知道他一直在那裡似的，因此發出盛怒的叫聲。布萊恩覺得那是某種詛咒。

前面四百碼處，有頭麋鹿正在蓮葉間進食，將頭探進水裡，把可口的蓮藕扯上來。布萊恩知道，如果他現在想動手的話，

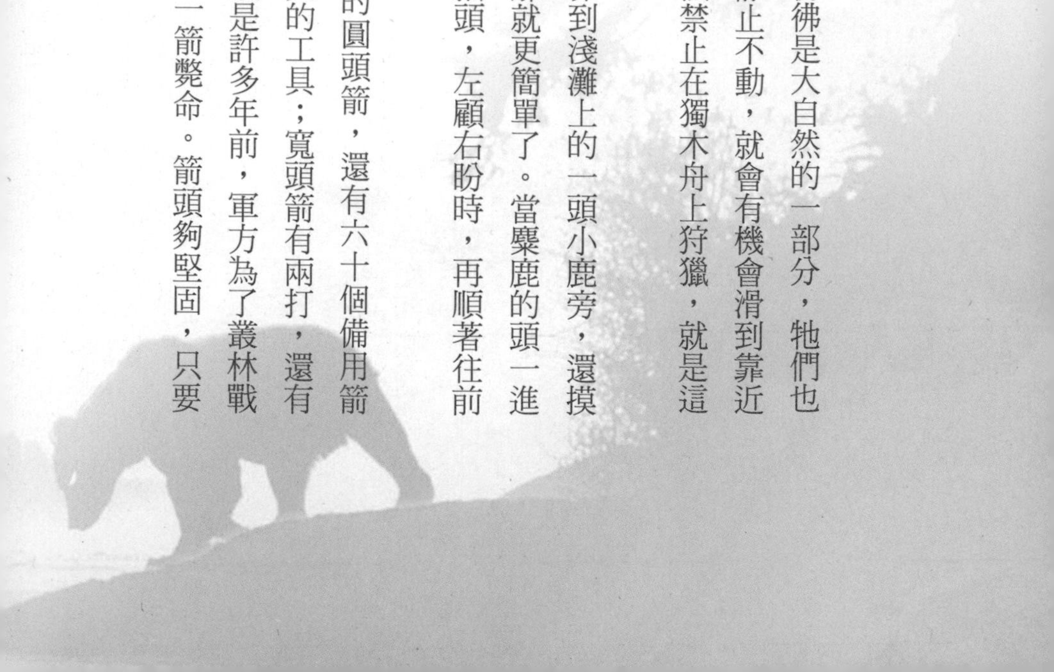

易如反掌。

對野生動物來說，獨木舟就彷彿是大自然的一部分，牠們也許還以為那是原木呢。只要人靜止不動，就會有機會滑到靠近水邊的動物身旁。許多州都立法禁止在獨木舟上狩獵，就是這個原因。

布萊恩有一次乘著獨木舟，靠到淺灘上的一頭小鹿旁，還摸了摸牠。至於進食中的麋鹿，那就更簡單了。當麋鹿的頭一進到水裡，就趕緊往前划，等牠抬頭，左顧右盼時，再順著往前滑行就好了。

布萊恩的箭還夠用：一打半的圓頭箭，還有六十個備用箭頭；一百枝箭桿，以及製作箭矢的工具；寬頭箭有兩打，還有五十個備用寬箭頭，三刃的箭頭是許多年前，軍方為了叢林戰所設計的，叫做ＭＡ-３，可以一箭斃命。箭頭夠堅固，只要磨得勤快些，就可以反覆使用，不過別射中骨頭，或者失手射到岩石。

他看著那頭麋鹿垂涎三尺，想像大塊紅肉放在火上烤過的滋味。但他還是打消了這個念頭，那是頭小公鹿，大概只有六、七百磅，成年公鹿少說也有一千四、五百磅重。即使如此，還是有很多肉得料理，他不能任由自己糟蹋所獵殺的一切。

初到森林的時候，他挨餓挨了很久……。食物是天大地大的事，只要一想到會浪費任何食物，他就感到全身不對勁。就算把肉切成小條，用煙把大部分的肉都熏乾，還是會浪費掉一些……。

不過，他還是可以過過乾癮。把箭搭上，盡量靠近麋鹿，但又保持距離，以免遭受攻擊。他趴低身子拉弓，才拉開，就抬起頭來立刻放箭，MA－3箭頭正中牠的肩膀後面，寬箭頭穿過肩胛骨直搗心窩……。

布萊恩甩了甩頭。演練一番還可以。他一向如此——即使沒有真的實際動作，還是會在腦海中浮現出腳本，看看事情會如何發展。

凱瓜道西的事情也是如此。他常常想起她。她是克里族獵人家族的女兒，就是布萊恩在森林裡的第一年冬天所遇到的那戶人家。他在冬末遇見他們，一起生活了三個禮拜，直到春天來臨，一架飛機飛來，才把他載回文明世界。

凱瓜道西的白人名字是蘇珊．斯彭，但布萊恩想到她的時候，似乎愈來愈常想到她的克里族名字。布萊恩經常想起她。她和布萊恩年齡相仿，高出他的肩頭一點，杏圓的褐色眼睛滿是笑意；脣豐鼻挺，長長的秀髮烏黑濃密，但布萊恩從未見過她。她的父親大維給布萊恩看她的照片，因為她離家就學，布萊恩和她從未碰面。

嘗試家——「凱瓜道西」這個名字的意義，她的家族給她取了這個名字，因為她從小就無所畏懼，喜歡嘗試各種事物。四歲的時候，她試圖擊發一把威力強大的來福槍，因而在左臉頰留下一道小疤痕。

布萊恩坐在獨木舟上，認為那簡直就像女性裝飾在腮上的美人記。嗯……美人記。

這樣想挺詭異的，當中的邏輯也相當詭異，來福槍造就的疤痕，還有美人記。說真的，她滿漂亮的。想到她，有種甜蜜的感覺，但布萊恩並不認識她。布萊恩心想，要是遇見她，並告訴她，自己是怎麼胡思亂想的，她應該會笑他吧。

斯彭家的夏季營地，要從現在的位置往北越過四、五座湖，中間有河流貫串其中，大概三十哩路程。他並不確定是哪一座湖，大維跟他說是一座箭頭狀的湖，北端有個大島。島和湖岸幾乎相連，他們待在島上，因為在湖面上，有涼風吹拂營地，蚊蟲比較少。夏天，他們長期駐紮在此，等到秋天，就搬往他們的狩獵區。

無論如何，布萊恩正往他們的營地前進，往北方走，見識新的風光。所有河流都流貫在湖泊之間，往西北而去，匯進溫尼伯這座大湖，之後河道改向東北，流進哈德遜灣，一直到林線北方。

他心中記掛著要去看看山林景致，往北就是了。南方都是都市與人潮。他很快就覺得人類這種生物過日子、對待地球的方式都是不好的，大多數情況下，甚至是醜陋且錯誤的。

往南就是這樣，醜陋而且錯誤。往北有大好風光，還未被人類糟蹋的自然美景。於是他往北去，從容不迫，聽著潛鳥、土狼、青蛙，還有鳥鳴的聲音。眼前是嶄新而曼妙的光景，陽光映照在湖面上，火紅的夕陽、漆黑的天空上綴滿耀眼的星辰，日以繼夜。

布萊恩心裡想著，獨木舟正往北滑行而去，或許他會暫住一段時間，探望他的朋友，遇到凱瓜道西。他們可以說說笑笑，談談他的思路轉折。

疤痕是美人記。

哈！

她一定會笑的。

# 2 等待的代價

陽光下，他循著蓮葉滑行，一邊尋找可以吃的魚，並任由自己的思緒飄回幾個月以前……

他回到自己的天地，回到荒野之中。他曾經回到文明世界，但發誓再也不要回去了。即使當時已知道，他滿十六歲了，只要得到父母同意，就可以依照自己的意願離開學校。但他並不想離開學校，因為他發現有件不可思議的事情可以伴隨學習而來：**你學到東西了**。

這樣講起來有點蠢，好像廢話，但他是認真的。在飛機失事之前，學校的種種都被他簡單混過，用功是為了勉強通過考試，但從來沒有真正學到東西。

但從森林回來之後，他開始從書裡尋求印證。當初的情況就是這樣。他身在森林之中，只靠著一把手斧存活下來。他試圖了解遇到的所有狀況。

最基本，甚至最無庸置疑的是：吃了噁吐莓會吐，就別吃噁吐莓。

他把事情想得這麼單純，聽起來是有點傻氣。當他獲救回來，當人們對他的求生經歷不再熱衷，所有的電視和媒體熱潮也告一段落，每一位醫生都診療過，確保他「正常」之後，他試著要讓自己的生活重回正軌。

但是他從未達到，因為他曾經置身在截然不同的環境當中。他發現自己看待每件事情的角度，都和在叢林裡頭一樣，那時候他的每個決斷都攸關生死。

現在如果有老師交給他一本歷史書，他不會只是瀏覽一下，而是努力記住蓋茨堡戰役的年分，或亞歷山大．葛雷漢．貝爾什麼時候發明了電話。他對知識有強烈的渴求，想要了解他在森林裡已經學會的事情。

於是他試著對眼前所有事物都深入探究，嘗試去了解歷史上在蓋茨堡所發生的事情。這才知道，那不只是用來應付考試的一個事件，而是一場可怕的戰役，超過五萬名美國士兵在為期三天的浴血奮戰中慘遭屠殺。槍林彈雨，你來我往，直到如今，還可以在那裡找到嵌在一起的子彈，因為它們在彈道上撞在一塊，同時落地。

他還知道了明尼蘇達第一支志願軍的故事；開戰時，總共有兩百六十二人，結束時僅剩四十七人倖存，而且絕大多數人都傷痕累累。

貝爾不只發明了電話，事實上，他還曾想辦法要幫助聽障兒童和他們的父母溝通，甚至差一點就趕在萊特兄弟之前發明了飛機。

這些事情全都點滴在心，布萊恩這才真正在學習。

因為他無法在文明世界與他人相處，他知道自己或許永遠無法適應所謂的文明社會了，於是現在的他回到森林裡。但他並不討厭學校，或是讀書學習的念頭。

他也不討厭父母，他愛他們。他曾經想要看看有沒有辦法讓這兩個不同世界的人和平共處，但他辦不到。

對布萊恩來說，他們的世界太過醜惡，充斥著可怕的氣味和感覺。在布萊恩眼中，人們所致力追求的一切，完全不應該。

總有太多物欲，金錢、好車、好衣服、好對象。一開始，他

還盡量嘗試去容忍他們的生活方式，試著在當中為自己也找到一個定位。

但是，兩年過去了，他就是無法忍受。他已經達到某種臨界點，沒辦法再看電視，不能再聽嘈雜喧譁的音樂，受不了交通的噪音，痛恨都市的光害；夜裡總是暗不下來，讓他無法看到星辰。

他已經到了某種超過負荷的狀況，一觸即發，不相信人們真的懂得生活；從他們的作風看來，也許該說是在佯裝過生活。

於是他理出一個頭緒了：自己到這裡自行學習。他帶了幾本書：一本歷史、一本數學、一本自然與生物（他已經發現當中的一些錯誤，尤其討論到動物的思維模式時，甚至從醫療觀點來談，牠們會不會思考）、幾本文學書籍，當然還有他的莎士比亞。

他向父母和校方承諾，讀完這些書本之後要接受測驗，證明他都吸收進去了。果真如此的話，明年就可以試試更多的書和測驗。

這道程序並沒有公開施行過，但校方相信他，因為他曾經身無長物，只憑著一把手斧就活過了五十四天，校方認為這展現出布萊恩的學習能力。大家都盡可能配合，因為布萊恩的學習意願很強烈。

有了！布萊恩停下來，倒著划槳，直到獨木舟不再前進。蓮葉底下，靜靜躺著一小塊綠色木頭。

那是好大的一尾狗魚，可能有四到五磅重。布萊恩在醫師的診所看過一本愚蠢的釣魚雜誌，裡頭有篇文章說狗魚並不好吃，因為狗魚全身上下有許多暗刺，要把魚刺挑掉並不容易，所以無法料理。

文章還說狗魚「有點黏糊糊的」。事實上所有的魚都是黏糊

糊的，因為牠們需要有層抗菌膜來抵禦疾病。

布萊恩是這樣煮狗魚的：把內臟掏出來，要不就整隻擱到平坦的木片上，對著火烤，黏膜就會變成漂亮的青色，和魚皮一起脫落。他在食譜中發現法國有一道菜，叫青色狗魚，就是烤好狗魚之後，再用黏膜製成青醬，盛在淺盤上。

不過，布萊恩心想，從蓮葉底下看到，到真正將狗魚吃進肚子裡，可還有漫長的一段路。牠們是最上層的掠食者，不只吃其他的魚，也吃青蛙、小鴨子，還有潛鳥幼雛，不時還有襲擊人類的傳聞。

如同所有出色的掠食者，牠們身手矯捷、警覺性高。但掠食者禁受不起任何傷害，即使只是輕微的傷口，也可能導致死亡，因為一旦受傷，牠們就無法捕獲獵物。

他帶了些釣線，還有小魚鉤，可是很少使用。用弓箭射魚簡單得多，而且可以自己挑選要哪種魚。他甚至還帶了些三叉的魚叉頭，將它們黏到箭桿的頭上，不加箭羽，而是在近距離下獵捕小魚。

可是狗魚不一樣，因為三叉是展開的，對小魚叉而言，狗魚顯得太大了。魚叉刺在大魚身上，無法刺深，只會傷到皮肉，魚一掙扎，箭就會鬆脫，之後魚兒便逃逸無蹤。

他得用一枝單純的圓頭箭，射進魚的頭部，以便一次成擒，但他所處的位置對這次獵殺來說，卻是大大不利。他位在湖的邊緣，往北前進，蓮葉在獨木舟右手邊。他是右手放箭，所以要撿起弓來調到右側。但在身體無法完全伸展的情況下放箭，是相當不利的，很有可能會將魚兒嚇跑。

如果他從獨木舟裡抬起身子，轉過身，面向另一側來放箭的話，問題依然存在。他坐在獨木舟船尾，打包好的行李全都綁在他面前，要是他起身轉向的話，無疑會將魚兒嚇跑。更何況，他跪著，眼前空間狹窄，幾乎不可能轉身。

不過，天色還早，太陽還要好一會兒才會下山，在入夜紮營前還有許多時間。他蜷曲身子，面對船首，小心翼翼地划著槳，盡量放慢動作。他花了將近十分鐘，像蝸牛般爬行十分鐘，才戰戰兢兢地將獨木舟掉頭，轉到另一方向。

他現在的行動，也就是狩獵方式，好像是在進行一場追蹤。很久以前他就學到欲速則不達的道理，不管要獵什麼，從魚到麋鹿，最重要的關鍵所在，絕對就是耐心。**你得花掉該花的時間**。當他更深入研究北方田野的時候，從書上看到在冰上狩獵海豹的愛斯基摩人，會在海豹呼吸的氣孔上蹲伏數小時，甚至好幾天，就是等待海豹來到洞口換氣。

愛斯基摩人會在洞口擺上一小片羽毛，手持骨製的魚叉虎視眈眈。當海豹靠到洞口換氣時，空氣遭到擠壓，就會往前撥動羽毛，此時，獵人就射出魚叉，將帶有倒鉤的魚叉刺進海豹背部。但海豹重達四百磅，魚叉要不了牠的命，不過，魚叉卻連著獵人手裡的一條繩子。於是整個過程高潮迭起，就像要用一條繩子圈住體型碩大的公牛一樣。

當海豹拉拽著獵人，試圖讓他穿過冰層、掉進水中的時候，獵人得一手穩住海豹，一手擊著致命的長矛刺殺牠。不消說，這招不會每次都得手。布萊恩在書上讀到：這些獵人耐性十足，即使海豹始終沒來，或者一擊之後沒有得手，他們都不會灰心沮喪，只是聳聳肩，然後就前往下一個洞口。

布萊恩還知道，北極熊也用這個法子獵海豹，也就是說守在洞口等著，瞇起眼睛免得露餡，且用白色腳掌摀住黑色鼻子等海豹上來換氣。海豹一出現，北極熊就立刻往下一縱，抓住海

豹鼻子，穿過冰上六吋大小的洞口，把三、四百磅的海豹整隻拉上來，撕得粉碎，然後大啖海豹的血肉。

狩獵就是需要這種耐心。布萊恩蜷曲著，從獨木舟邊上，目不轉睛地窺伺狗魚，只挪動船槳，直到獨木舟完全掉過頭。但願從水底往上看，這只是一根緩慢漂動的旋轉浮木。

這招想必奏效了。有一瞬間，背部拱起、魚鰓鼓動的狗魚就要游開，但一尾稍小的狗魚游過來，布萊恩這才明白，那不過是在捍衛領土。

獨木舟終於就定位了，狗魚還在那兒，位置還更好了一點，因為蓮葉恰巧遮住了狗魚的眼睛。

弦已經上好，布萊恩依然匍匐著向前，輕輕從箭袋裡抽出一枝木箭，將箭尾扣準弓弦，搭在弓上。左手按在手把上，就著獨木舟船舷將弓平舉，再稍稍抬高一點，讓箭從獨木舟旁露出一點。

接著，布萊恩將弓微微傾斜，兩手一撐，把弓拉開，箭羽抵在下顎，瞄準魚身底部，以抵消光線折射的效果。飛機失事之後，他開始學習狩獵，錯失掉好幾尾魚後，好不容易才明白這個道理。

箭穿入水中時，只慢下來一丁點，然後就全力射中狗魚，正中右眼上方。不管是靠運氣，還是憑實力，這一箭幾近無懈可擊，箭身刺穿狗魚，停了下來。

狗魚瞬間斃命，臨死前，身體捲向旁邊，一陣痙攣，魚身於是蕩入大概五呎深的淺水域，然後就靜了下來，開始往下沉。木製箭桿的浮力減緩了下沉的速度。

布萊恩大聲叫道：「啊！我還以為會浮上來呢……」所有魚都有鰾，藉以控制牠們在水裡的深度。當牠們被殺死的時候，鰾中有時會有足夠的空氣讓牠們浮到水面。但不是每次，就像眼前這尾狗魚，空氣都排出來了，於是往下沉。

布萊恩只穿著短褲，用雙手扶住獨木舟兩側，撐起自己越過船舷，縱身躍入水中。他睜著眼潛到水面下，雖然視線模糊，但因狗魚的顏色鮮豔，箭桿又畫出一道亮白的線，想不看見都難。布萊恩抓住狗魚，拖到獨木舟旁，甩進船上。

**感激不盡**。每當布萊恩下了毒手，他都會這麼想。**豐盛的佳餚，謝謝你！**他把眼前的肉塊當作是一頓不會走路的大餐，是一頓長眠不醒的佳餚。

在夏天，他無法保存魚肉。要是有間煙熏用的小屋，或有辦法讓魚肉乾燥又不會招惹蒼蠅的話，或許還可以留住一些。可是在暮夏的酷暑當中，沒有冰箱，不可能把肉保存多久。如果硬把壞掉的魚肉吃下去，很可能會要命。

他在網路上找到一則官方資料，是在一九三〇年代，特別為農夫與獵戶所頒布的。上頭條列並且描述了各類肉品，還有各種動物的飼養、屠宰，以及保存方式。內容教人感到意外，比方說鹿肉的營養價值和蛋白質含量非常低，尤其是麋鹿的肉，而兔肉則是最優質的。

布萊恩也從裡面學到，魚肉容易產生腐敗鹼，嚴重一點的話，會引發致命的食物中毒。

書面資料曾記載，有些美洲原住民就是因為吃了死掉的鮭魚乾，或其他魚種的毒素而致死。還有許多例子發生在掠食者及食腐肉的鳥類身上，比方禿鷹、野狼、狐狸，還有土狼，都因為吃了死後漂到岸上的腐敗魚肉而死亡。

所以布萊恩得將整條魚都吃掉。他微笑著回想起第一次抓到的魚，那條魚那麼小，但嘗起來多麼可口。

他現在依然這麼覺得，他感覺到食物的誘人處。於是，他在岸邊找了塊空地，生起一堆火。

這頓美味、豐盛的大餐，謝謝你。

# 3 在湖上沉沉入睡

布萊恩變了。

起初他以為是自己做事的方法有好幾個階段，而他又進入了下一個階段。但他意識到，自己已隨著周遭環境的變遷，隨著見識愈來愈廣，不斷在改變著。

看待紮營的方式就是一個好例子。墜機後，初次置身森林，他需要掩蔽物。或許是自以為是吧，因為既然已經決定不待在飛機上，就需要有個地方安頓下來。以他現在的見識來看，他會製作武器，所以可以往南移動，一邊狩獵，一邊進行一趟狩獵之旅。

可是在當時，他需要一個營地，以為人們不用多久就會找到他。但是並沒有，因為他離航道實在太遠了。而且那時候他對生火並不熟練，要是他不斷前進，每天晚上就要用手斧和石頭生一堆火，或至少在他想要煮肉的時候生火，進展一定會非常緩慢，幾乎不可能。

現在他改變做法了。他不會花太多時間在紮營上，而是盡快找塊空地，停好獨木舟，再用防水火柴生起火，清出魚內臟丟進湖裡；內臟很快就會引來一群小魚，三兩下把內臟吃得乾乾淨淨。

布萊恩把狗魚擺到平坦的木片上，開始烤了起來。十分鐘內就烤熟了。他把剛烤好的熱騰騰魚肉剝下來，放進一只鋁鍋，然後把魚翻過面來繼續烤，一邊吃掉剛剛烤好的那

面。雖然有帶鹽巴，但他的口味已經愈來愈淡了。他用十指小心地剔出魚骨頭，包括惡名昭彰的倒刺，然後把魚肉吃得一乾二淨。

這時候，另一邊也烤好了。他把魚肉吃掉，然後撬開魚頭，吃掉腦髓和魚眼睛。很久以前，他就不再挑三揀四，神經兮兮的了。之後再把魚骨頭及殘渣丟回湖裡，讓小魚享用，然後去整理他的行李。

他對待行李的態度非常小心謹慎，盡可能每天都全部清點一次：從獨木舟開始，克維拉纖維製成，幾乎可以防彈；接下來是兩把合成船槳，再來是武器。

他有一把薄板壓製成的傳統弓，比長弓稍短一些，拉開二十六吋需要四十五磅拉力。他曾拿更重的弓試用過一段時間，也考慮過複合弓。但上頭有太多滑輪纜線，還需要經常調整，對森林間的克難應變來說，實在太華而不實了。

他檢查弓身、弓弦，以及剩下的兩條弦；再來是逐枝檢查箭矢，用小石頭將寬箭頭的箭刃磨利。布萊恩將箭頭保養得有如剃刀，可以從手臂上刮下汗毛。再把他用來射狗魚的那枝箭保持乾燥，確保箭羽依然筆直。

接著是小刀。他的腰帶上隨時掛有一把平刃的狩獵小刀，和二次大戰時期海軍配發的K-Bars小刀非常相似。他用磨箭頭的那塊石子把刀刃磨得鋒利。

然後是一柄雙刃的小遊艇斧，他通常用來砍木頭，或是和獨木舟一起架成棚子。接下來逐件檢查衣物的縫合處，用針線包解決所有問題。再來就是鹿皮鞋。他有三雙鹿皮鞋，其中一雙是長筒的，天冷時可以當作皮靴。

他有件薄夾克，還有件套頭冬衣，可以拉到膝蓋，衣料既防水又透氣。還有兩件套頭羊毛衫，可以穿在外套裡；兩條羊毛褲、四雙褐色的毛織手套，這玩意兒再好不過了。布萊恩雖耐不住嚴寒，但一般的寒冷他可以輕鬆應付，這可比他第一年冬天的景況好多了。

一切盤點就緒之後，他從湖裡撈了點水來煮，泡了一壺茶。放涼之後就把整壺茶都喝了，往後靠坐在身邊的一根木頭上，觀看火堆。肚子飽了，天色也暗了，一股倦意襲來。

獨木舟裡有個睡袋，只有五磅重，品質良好，溫度在十度以上都能保暖，底下是蜂巢氣墊。他盤算著要把睡袋拿出來，布置一個露天營地好過夜，但最後決定不這樣做。天氣這麼溫暖，睡袋實在太累贅了。要是沒有強風，也沒有下雨，他就可以到湖上，睡在獨木舟裡。

他有一支小錨，上頭的鉤子又鈍又圓，只有四吋大小，還有一百呎長的尼龍繩。他會拋下船錨，讓它吃進水底的雜草和泥巴，然後將繩子放到足夠長度，讓鉤子保持定位，接著把繩子綁在獨木舟船首，再把墊子攤在船首的行李前。

就這樣，布萊恩頭枕在上面蓋有防水布的行李上頭，然後沉沉入睡。

北方的湖泊大多是由遠古的冰河推擠而成，很淺，只有十五到二十呎深。沒有颳風的話，就像睡在搖籃裡一樣。離岸邊有段距離的話，通常蚊蟲不會多到不堪其擾。

現在已是暮夏時分了，蚊蟲不像剛入夏時那麼地惱人。那時候，牠們受狩獵的渴求驅策，要吸取血液，以便在秋天之前產卵。

夏季的第一波蚊蟲潮中，布萊恩見識到蟲群的可怕，牠們鑽進布萊恩的鼻孔。天哪！當他剛從失事的飛機爬上岸時，他多

麼痛恨那些把他整得七零八落的蚊蟲。

天就要黑了，他把火澈底熄滅，然後把行李裝回獨木舟，划著槳離開岸邊一百碼。他停下獨木舟，漂流了幾分鐘，確認天氣狀況。

日落的靜謐景致如此美麗，萬里無雲，水波不興，他點點頭，從側邊放下船錨，直到撞上湖底。接著搖槳往回，鉤子吃住了，就綁到船首上頭。他把要睡的床打理好，因為天氣仍溫暖而濕潤。他躺下來休息，聽著潛鳥暮啼，隔著如鏡的湖面，遙相應和。

在諸多完美的日子中，這是最完美的一天。在他沉入夢鄉前的最後一個念頭就是：毫無疑問，他正處於生命中對的時間、對的地點。

了無缺憾。

# 4

# 湖岸邊的哀鳴

一個奇怪的聲響驚醒了他。

他睡得很熟，正在做夢，最重要的是，他夢到凱瓜道西，還有美人記。所以，很不想醒來。

但他現在知道，只要有古怪的狀況，即使是一點不尋常的蛛絲馬跡、不尋常的聲響、奇怪的顏色或氣味，就要有所反應。

他上次從這裡回到文明世界後，幾乎就要抓狂——警報器的聲響、煙霧的臭味、劈里啪啦的噪音，全部揉合在一起，鋪天蓋地而來，癱瘓他所有的知覺，讓他什麼都聽不見。

而此時此地，所有奇特的聲響、色彩、氣味、蛛絲馬跡都有其意義。布萊恩曾經看過狼群狩獵，牠們連走帶跑，沒幾碼就停下腳步，四下查看草叢裡細微的嘶沙聲、依稀的聲響或氣息，到處嗅嗅聽聽，鉅細靡遺地確認所有細節。

現在，他從躺著的獨木舟上醒了過來，只知道有個奇怪的聲響打斷了他的睡眠，卻不知道是什麼，也不知道是打哪兒來的。他張開嘴，以便豎起耳朵、屏住呼吸，等待，傾聽。

夜裡，四下一片寧靜。氣溫下降，睡著睡著，他把拉開的睡袋蓋到身上保暖。天氣夠涼爽，所以什麼古怪的蚊子也都銷聲匿跡了。一片寂靜之中，他只聽見自己的心跳聲。

沒有其他聲音。

半圓的月亮，彷彿伸手可及，四周的湖面一片透亮，視線清楚。獨木舟安靜地浮在平滑的水面上，小船錨仍抓得很牢。沒

什麼差錯。

布萊恩稍微坐起身，但湖岸邊看不到有什麼東西。當然，距離相當遠，足足隔了一百碼，就算月色清亮，也看不到太細微的東西。

什麼都沒有。沒有聲響，沒有蟲鳴，甚至沒有任何潛鳥夜啼的聲音。

這下子他完全清醒過來了。怎麼回事？在森林中，他相信自己的直覺，他知道有東西來過，只是不知是大是小。做夢到一半，因為有外力介入，他才會醒過來。但是，什麼也沒聽到，什麼也沒看到。

**有了！**

有聲音，那是什麼？非常輕柔，布萊恩只能勉強聽見，又來了，幽幽咽咽……。

是哀鳴聲。幽幽咽咽，哀鳴不已。聽起來像是狗在求饒，或受了傷。

有狗？

他坐起來，四下搜索湖岸，可是什麼也看不到。或許是隻土狼吧，在北方，人們叫牠山狗。又或者是灰狼，有兩頭，其中一頭在求饒。

他的背包裡有支單筒望遠鏡，雙筒的太重了，但他有時候會想從遠處觀察，不要打擾到牠們。他對許多在湖邊築巢的老鷹特別感興趣，他想要看看雛鳥，又不想太靠近牠們。

他拿出單筒望遠鏡，仔細查看湖岸。雖然只有八倍功率，但月亮補充了許多額外的光線，讓布萊恩的眼睛能夠穿過湖岸，看進森林裡，試著看看那是土狼或灰狼。也許還是隻狐狸呢。

這裡不可能會有狗的，不是嗎？

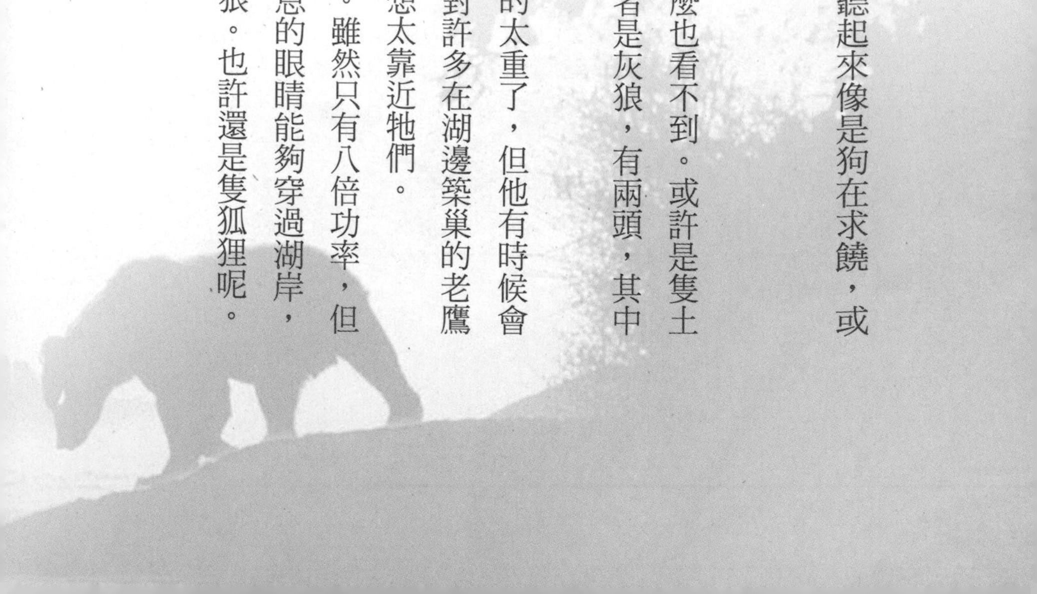

他掃視了一番，但什麼也沒看見。他看看月亮，估計現在大約是凌晨兩、三點。也許他應該接受，那不過是一頭土狼或灰狼，甚至是頭小熊，然後再多睡一點。

這時，他又聽見了。

沒有比較大聲，但好像持續得比較久。

他再掃視一次，逐吋逐呎，小心查看湖岸。就在他掃視到一半，看到剛剛生火煮狗魚的地方時，他看見了。

有個輪廓，就在他吃飽靠坐的那棵木頭旁。不動，只是坐在那兒，或者說是癱在那兒。不是土狼，但也不像灰狼那麼大。

這個黑影也許是隻小熊，森林裡有許多熊是黑色的，有些黑得像肉桂的顏色，牠們很有本事。

他和熊交手過兩次，有一次差點就要射殺那頭熊，另一次是一頭熊打算闖進他的冬季小屋，被臭鼬趕走了。

但那黑影看起來也不太像是熊。

黑影動了，慢慢站起來，布萊恩看出是四條腿，比土狼略大一些，肩膀處有閃亮的斑點。那是貨真價實的一隻狗，要不然就是布萊恩神經失常。

在這種地方。

牠隔著湖面看向布萊恩，對著他哀鳴。

**好吧**，布萊恩心想。**就是這樣。好吧。**

**我倒可以去看看牠想要什麼。**

他現在完全清醒了，坐起來，從船首的纜繩上收回錨繩，把錨拉上來，搖著槳往岸上去。

靠近時，他停了下來，思量一下，離湖岸還有四十呎，狗兒還在六十呎外。

狂犬病是非常可怕的疾病，通常在患畜尚未走遠，還未引起

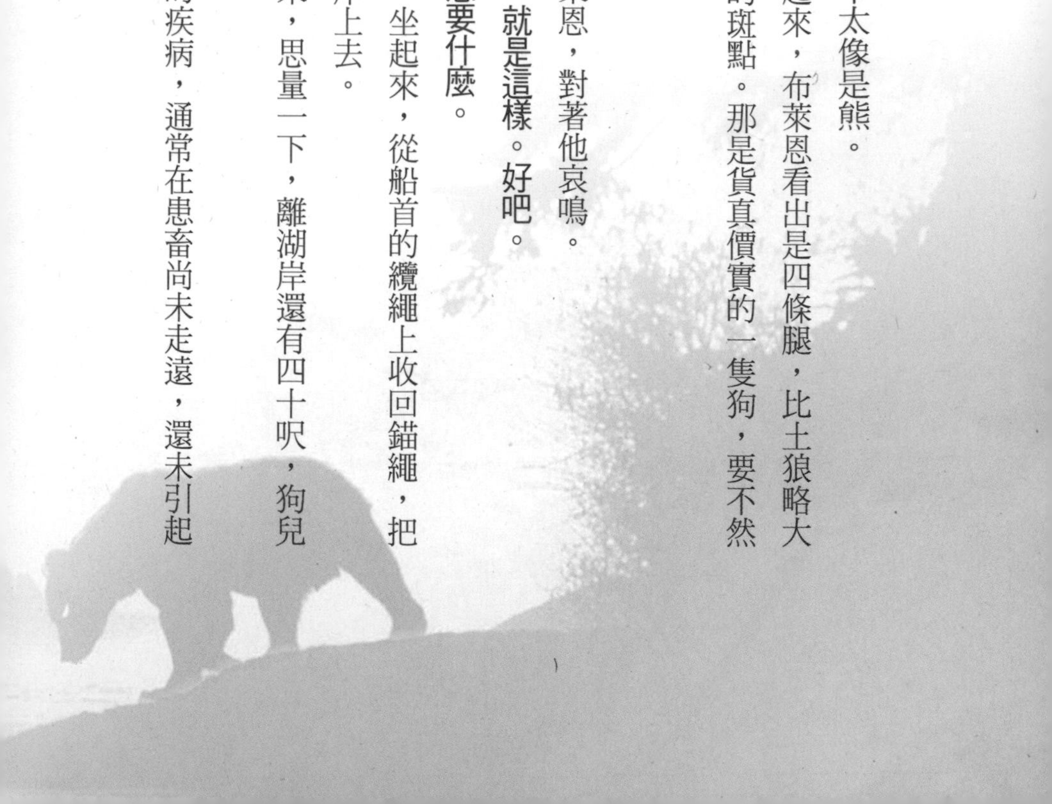

更多傷害之前，人們就會先殺了牠。要是這隻狗患有狂犬病，他可不想被牠咬傷，但也不想殺死牠。

雖然就在眼前，但為了能聚集更多光線，布萊恩還是拿出望遠鏡，仔細端詳那隻動物。布萊恩把船划向牠，那隻狗也往岸邊靠近，想和布萊恩會合。可是牠行動不便，似乎傾向身體右側。布萊恩把鏡頭對準那裡，看看有什麼不對勁。

這的的確確是隻狗，即使在黑夜裡，布萊恩還是看得出是一隻母狗，而且是黑色的阿拉斯加拖橇犬，但看不出是什麼品種。有時候克里族會養在營地裡，冬天用來拉雪橇，夏天用來拉貨物。牠們並不算是雪橇犬，只能說是營地裡的狗伴，必要的時候會用來拉雪橇。

這隻狗似乎相當友善，等著要迎接布萊恩。牠的肩膀上有亮色的斑塊，可是其他部分的背毛都是深褐色。

接著那隻母狗轉過身，布萊恩終於把那些亮色的斑點看得更清楚，這才發現那隻狗受傷了，或許是打架吧。有一道撕裂傷，從牠的右肩頭開始，往後劃開一道弧線，幾乎連到牠的尾巴。牠的右半邊，整片血淋淋的，大部分的血液都凝固了，可是在月光下，布萊恩還可以看到鮮血在閃爍。

「天哪！」布萊恩大聲叫了出來，幾乎把自己嚇一大跳，因為他實在很少開口：「究竟發生什麼事了？」

那隻狗再次對著布萊恩哀鳴，那聲音彷彿是狗兒專門用來和人類溝通的，全心全意發出的微弱請求。

布萊恩一槳鏟下，往岸上划去，要去幫牠。

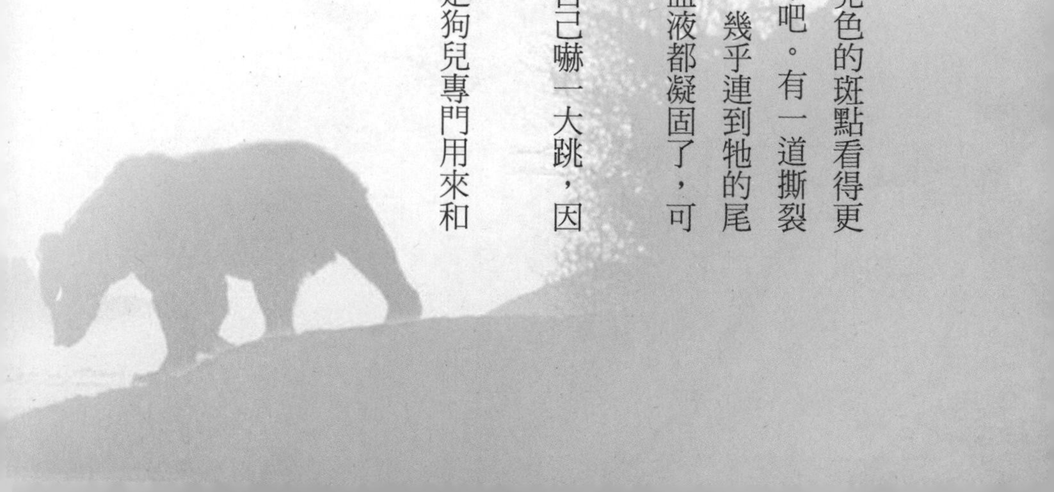

# 5 誰是凶手？

一看到獨木舟往岸邊靠過來，狗兒就立刻低下頭、搖著尾巴，前來會合。但是在船首接觸到湖岸之前，布萊恩卻又猶豫了起來。

這一切太詭異了。在森林中，有任何不尋常的事情都要仔細琢磨。這兒有隻狗，把布萊恩當朋友般歡迎，為什麼呢？為什麼有狗？為什麼在這裡？會不會不只如此，還有別人在？是不是有什麼在岸邊等著布萊恩，可能會對他不利？

但布萊恩只停頓了幾秒鐘。因為他才往前靠，那隻狗就坐下來，發出疼痛的哀鳴，然後就著沒有受傷的一側躺下，傷口向上，一心一意等待著布萊恩。

這就夠了。布萊恩划到岸邊，跳下獨木舟。他走向那隻母狗，在牠旁邊蹲跪下來。

天當然還沒亮，但就著弦月的光輝，布萊恩看到了大半傷口——沿著體側一呎半長的撕裂傷，傷口非常淺，只劃開皮膚扯到後頭，而且癒合狀況良好。雖然到處都有血液滲出，但就連布萊恩在看著的當下，出血也在減緩當中。

但是，牠還是需要照料，也因為如此，布萊恩需要有光源，要有火。

「你待在這裡，」他告訴那隻狗：「我得弄些木柴來生火。」

牠或許是聽懂了，要不就是疼痛難當，那隻狗待在獨木舟的

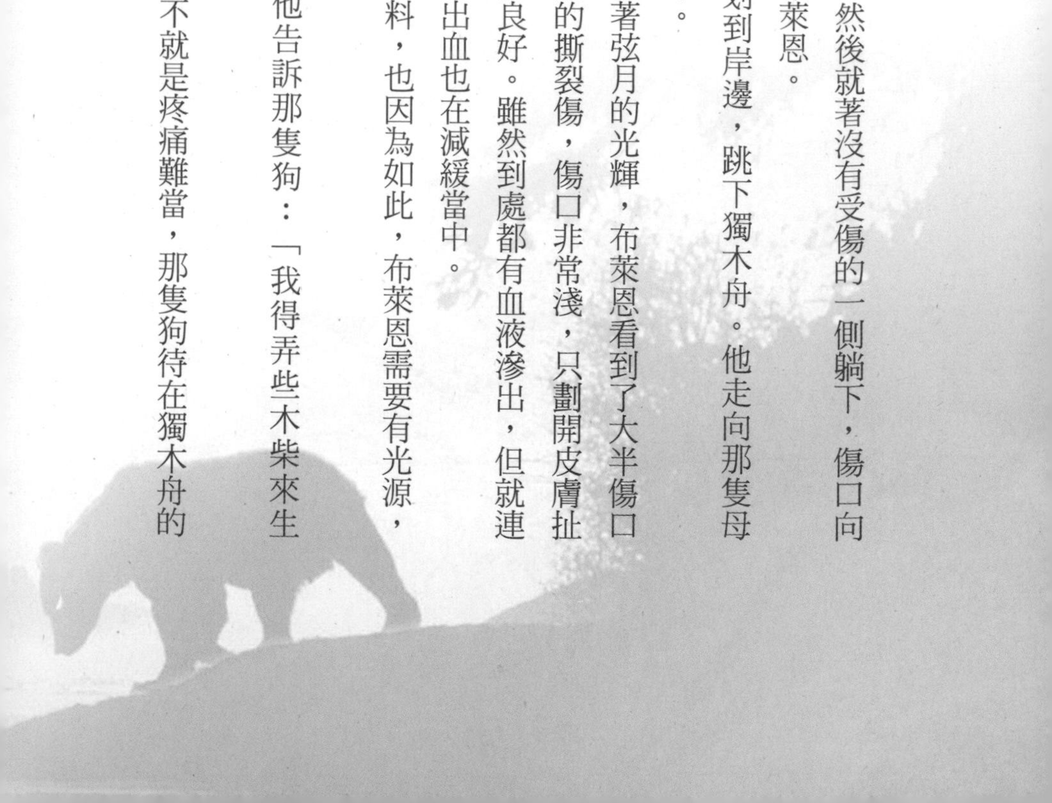

船頭旁。月光下，布萊恩動身去尋找枯木乾草，在船邊生起一小堆火。

布萊恩拿了根燃燒的樹枝，走近牠，以便看個清楚。那隻狗被嚇到了。

「沒事，沒事，我得要看看哪……」

他將手按在牠的腦袋上，牠立刻就安靜下來，回應布萊恩輕柔的話語。布萊恩再次舉起火光，在火光映照下，布萊恩看到那道傷口，從肩膀上扯下了一塊皮，大概有他半個巴掌大。

他可以看到外露的筋肉，雖然肌肉受傷並不嚴重，但他得想辦法處理，將傷口包紮起來。

「或者縫合，」布萊恩大聲說：「我有些釣魚線，還有針。只是不知道你肯不肯讓我幫你把皮縫上？」

布萊恩走到獨木舟，掏出他的針線包。裡頭是有線，但針對這次的任務可能太細了，容易被扯開來。釣魚線可能較適合，不過他得要用大號的針。

布萊恩走回那隻狗身邊，心裡想著：這下子狀況可多了。這隻狗並不是很大，差不多四十磅重，但牠有獠牙。布萊恩在城裡曾看過狗打架，也看過狼群獵殺鹿隻的景況，他很清楚那副獠牙的能耐。

書上寫到，即使只是中型犬，後面臼齒的咬合力，每平方吋也能達到兩千六百磅。他心裡盤算著：**要是咬在我的手骨上，差不多就是一平方吋吧。傷腦筋！**

但是，他又不能對傷口置之不理。

「我會弄痛你，」布萊恩拍著狗兒的頭：「很抱歉，可是我們得把傷口縫起來。我會不斷說話告訴你，我在做什麼。要是不縫合、包紮傷口的話，蒼蠅會在裡頭產卵……。」

正說話間，他已做好準備，蹲跪在狗的旁邊，就著火光將釣魚線穿進針孔——穿個針沒什麼大不了的——希望自己講的話能夠安撫狗兒。

「我要用點水來清洗傷口，」布萊恩從湖裡舀了點水。他知道湖水並不衛生，但傷口上滿是灰塵、草渣，相較之下，湖水乾淨多了。他考慮過要煮沸，但這麼一來，就得放著等水冷卻，會耗費太多時間。狗的狀況現在還算穩定，但不知道能夠維持多久。

他盡可能用水把傷口洗淨，將水輕輕淋在傷口上，直到流下的水不帶血漬和汙泥。接著，把整片皮膚拉回來，蓋到綻開的傷口上。布萊恩沮喪地發現，那塊皮太小了，蓋不住傷口。

大概缺了一平方公分，而且似乎有點皺。要縫合的時候，得把皮拉開、撐平才行。

一想到要是自己遇上這種事會是什麼感覺，布萊恩就畏縮了起來。先要拉開牠的皮，然後用穿著釣魚線的粗針穿過去，一次又一次。

布萊恩清洗並且將皮拉回來的時候，那隻狗始終保持安靜，安分到超乎布萊恩的想像。可是，布萊恩不相信等會兒開工的時候，牠還會靜靜地躺著。

「情況比我想得還要嚴重，」布萊恩說道：「也許還會更痛一點點……」後來，過了許久之後，布萊恩回想起第一天晚上，他好像把這隻狗當成一個人似的，在跟牠說話。

他一點也不覺得奇怪，且早就習以為常。他會跟所有的動物說話，鹿、鳥、野狼，甚至是魚。但似乎只有狗聽得懂，只有狗明白他的意思。

**好吧，那就動手嘍**。布萊恩拉著皮塊，得扯到符合原位才

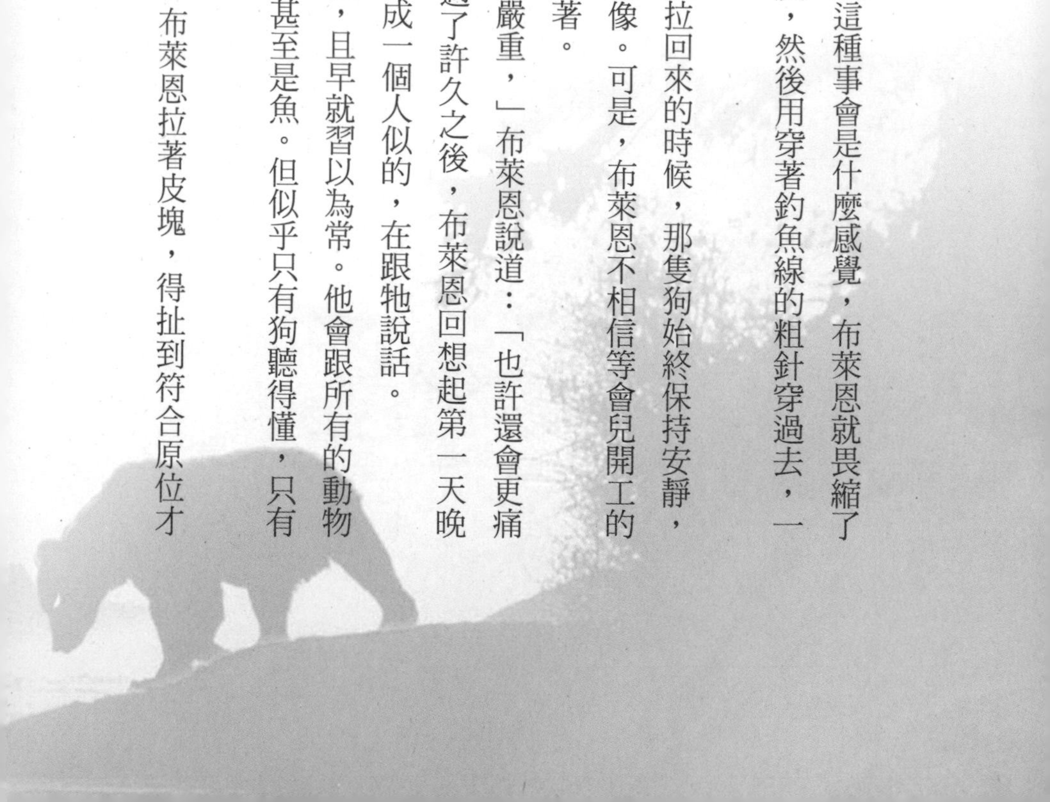

行，接著用針刺下了第一針。他必須相當用力，才能讓針穿過皮膚。這讓他相當訝異，簡直就像鞣製過的皮革一樣。布萊恩所下的力道，比他認為這隻狗能忍受的還要大得多，而這只是第一針。

接下來，布萊恩必須將皮塊扯回原位，穿進第二針，一樣要用很強的力道，將銳利的針頭在看不到的地方推平，然後用線將兩道縫線湊攏，在上頭綁個結來固定。再來，移個七、八公分，看好差不多的位置，再一次下針、收針、打結……。

然後，再一次。

再一次。

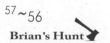

整個過程，布萊恩就這樣絮絮叨叨，還要提防狗兒回過頭來反咬他一口。

「你是隻勇敢的狗。我知道，要是我的話才受不了呢。你的基因一定很優秀，很強悍，你的母親很強悍，你的父親也很強悍，受得了這樣子插針、抽針、戳來弄去，繼續保持下去吧，你受得了的……」布萊恩的聲音穩定而平靜，試著穩住狗兒，放鬆牠的心情。

牠不曾回過頭。只在剛開始時有點反應，那時候布萊恩扯著線，要將兩道縫線兜在一起。狗兒從胸腔發出低沉的悶響，把頭抬了起來，但那不是咆哮，而是呻吟。

牠始終沒有齜牙咧嘴地轉過頭來。那隻狗只是看著布萊恩，就著火光正視布萊恩的眼眸，眼神中帶著諒解，還有完全的信任。然後牠就低下頭，停止悶響與呻吟，再也不看一眼。牠閉上雙眼躺在那兒，任由布萊恩擺布。可說是毫無防備。

布萊恩總共縫了三十二針，每一針都打結固定。上半部縫了二十針，前面往下又縫了十二針，全都相距七、八公分左右，縫得非常扎實，將皮塊拉在一起。就這樣，大功告成了。

獨木舟裡有個小型急救箱，布萊恩拿出一瓶抗生素。要清洗傷口，一瓶不夠用，布萊恩就沿著縫好的傷口邊緣，倒成一道細線。瓶子一倒下去，狗兒終於再次發出悶響，想必不是毫無痛楚。但牠沒有睜開眼睛，呼吸也依舊平緩。

這下真正大功告成了。

布萊恩清洗針頭，把急救箱擺進獨木舟，用湖水洗去手上的血漬。然後找來更多木柴添到火裡，讓火勢燒得更旺。

縫好傷口的狗兒，一動也不動地待在距離火堆四、五呎遠的地方歇息著。過沒多久，布萊恩就聽到牠蓋過火焰劈啪聲響的鼾聲了。

布萊恩蜷縮在火堆旁，任由自己的心思恣意遨遊，慶幸這隻狗這麼友善，慶幸自己沒有被咬。

布萊恩往東方看去，以為會看到一曙天光。再過幾個小時，天就亮了，然後……這是怎麼回事？

布萊恩心裡想著，這隻狗顯然不是野狗，而是與人類熟稔的飼養犬。布萊恩睡在湖上的獨木舟裡，牠聞到、聽到、感覺到了，用哀鳴聲喚醒布萊恩。

顯然，牠需要幫助。

但牠是從哪兒來的呢？布萊恩早就確認過了，牠沒有戴項圈，還看了一下，牠是隻母狗，不是公狗。但牠並不只是隻鬆綁的野狗。

牠一定是從某個獵戶的營地來的，也許是克里族的營地，但不知是遠是近。牠肯定有主人。但就布萊恩眼見耳聞所及，方圓數哩之內，沒有任何跡象顯示有人。要是有人紮營，布萊恩會知道。

森林裡的動物對人類都會有所反應，要是周遭有人，感覺起來會不太一樣。但布萊恩並沒有感覺到有什麼不同。他沒有看到有人走過的足跡，或草叢裡有火堆的痕跡，也沒有聞到煙霧的氣味。

附近沒有人。

然而，有一隻狗在這裡。這隻狗顯然是有人豢養的，希望和人類作伴，而且牠看來削瘦，沒辦法自給自足地狩獵。牠需要和人類在一起，卻不知為何和人走散了。

布萊恩一點概念也沒有。他往火堆裡添了木柴，在火光中端詳這隻狗。

牠睡得很沉，發出輕微的鼾聲，傷口隨著呼吸起伏。布萊恩喜歡牠呼吸的聲音，想到自己從來沒有養過狗。父母總有許多不讓他養狗的理由：太髒了、會掉毛、媽媽會過敏、他無法擔負照顧小狗的責任……

天哪！想想那時候，想想他的爸媽。他搖搖頭，那段日子真的存在過嗎？那一切愚蠢的狀況。

他看著隨狗兒呼吸起伏的傷口。

這個傷口是在打鬥中留下來的，但不知道對手是什麼人？或是什麼東西？是撕裂傷，不是摔傷或棍棒毆打造成的。

事情是怎麼發生的呢？

和另一隻狗打鬥嗎？在處理傷口的時候，布萊恩考慮過這個可能性：牠和另一隻狗爭奪地盤，結果被驅逐出境了。

但是布萊恩不能肯定，這樣的事情是不是只有在傑克・倫敦（Jack London）的小說裡才有？他這才意識到，傑克・倫敦筆下的森林，有許多地方完全不合理。傑克・倫敦是個強悍的人，也是位好作家，但他同時也是個一塌糊塗的酒鬼，他對荒野的說法有許多不合理的地方。

再說，人們鮮少讓打鬥鬧到如此不可開交的地步，要是狗被劃了那麼一道傷口，會有好一陣子沒辦法工作，獵人養狗就是要牠馱行李、拉橇板。而且，布萊恩認為，像這隻那麼親近人類的狗，應該不會因為打鬥而擅自脫隊。

因此，一定有其他原因。

可是沒有其他原因說得通呀！這隻狗不會離開牠的家，除非是被趕出來的，但傷勢又太嚴重……。

是狼群嗎？布萊恩換了一個方向思考。或許這隻狗為了打獵，還是其他原因，離開了營地，遇到一群野狼。牠們攻擊牠，讓牠負傷；慌亂中，牠沒有跑回營區、回到家中，而是拔腿就跑，驚惶不知所措，一直走到湖邊，發現布萊恩在獨木舟裡睡覺……。

不對。大維告訴過他，狼群有時會攻擊小型犬，吃掉牠們。如果是狼群攻擊牠的話，牠要不就是逃回營地，不然就是狼群把牠收拾果腹。世界上沒有一隻狗可以從狼群爪下逃生，遑論戰勝。

傷口似乎也不是人類造成的。但還是有可能，也還算說得過去。要是有人那麼殘忍，把一隻狗傷得這麼重，狗兒也許會掉頭就跑，一去不回。布萊恩在報章新聞上看過，的確有些人這麼壞，簡直是人面獸心的禽獸。

但這個傷口不像是被砍，也不像是什麼武器所致，而是獠牙或爪子造成的。

這裡有些大型貓科動物。布萊恩在幾次偶然機會中看過山貓，體重四十磅的山貓確實可以造成這樣的傷勢。但就算真的有隻狗蠢到去追逐山貓，山貓也可以輕易地甩掉牠。

在北方鄉間，人們稱森林中極為罕見的美洲獅為豹子或美洲豹。但道理還是一樣，牠們可以輕易傷害一隻狗，然而牠們寧可避開事端。與其和一隻狗糾纏不休，還不如把人殺了吃掉，除非那隻狗非常小。

布萊恩看過幾則消息，說的是美洲獅在洛杉磯一帶的住家獵殺獅子狗及其他小型犬。有隻美洲獅竟然還挑上了一個在洛杉磯附近慢跑的女子，不但把她殺了，還拖到一旁，吃掉女子部分的屍體。

可是，這無法解釋這隻狗為什麼離開營地。

如果是鹿或麋鹿進行攻擊的話，可以用犄角造成這樣的傷口。狗在試圖攻擊鹿的時候，有時會身負重傷，然而大部分的情況是鹿受傷。

每年都有許多鹿被豢養的犬咬傷甚或致死。人們就是搞不清楚，他們的小乖乖德國牧羊犬要是和其他三、四隻狗湊在一起，就會變得多麼駭人。牠們會追殺鹿隻、羊群，有時候，還會追殺孩子。

還是一樣，這也沒有辦法說明這隻狗兒為什麼會跑走。就算牠試圖攻擊鹿，卻被鹿回擊重傷，牠也應該會跑回家尋求庇護，而不是四處逃竄。

還有什麼可能？

在北方森林裡，只有一種動物做得到。

那就是熊。

用帶了爪子的腳掌一揮，就可以輕易將狗抓成這副德性。牠們當然擁有足夠的力道，布萊恩曾經親眼看到熊為了尋找蛆蟲，將兩百多公斤的樹幹拋到空中。

可是這也說不通。如果狗兒被熊打傷了，牠應該跑回家，而

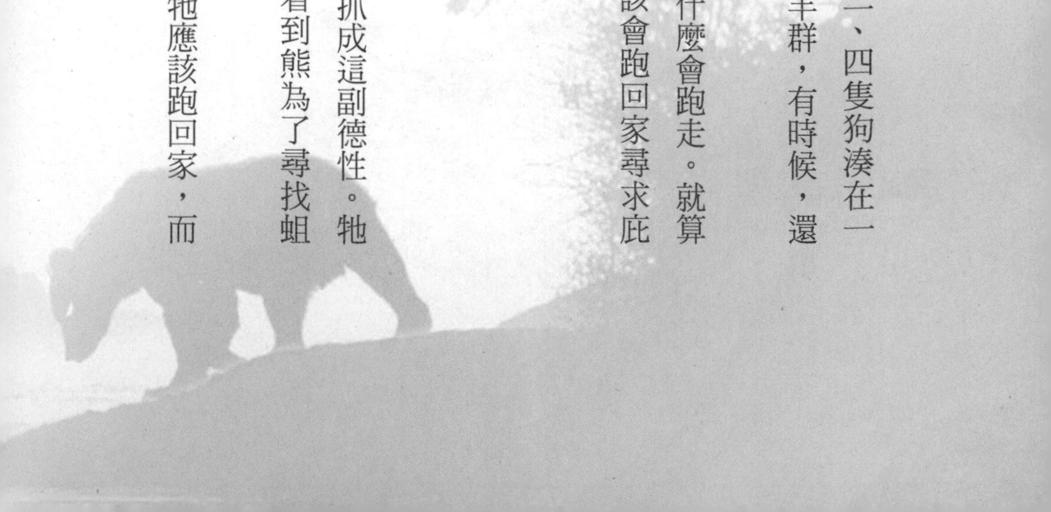

不是亂跑。

沒道理。

天快亮了。布萊恩在火堆上煮了鍋熱水，泡好茶。今天可有的忙了。不管他喜不喜歡，現在他有個需要照顧的家人了，而他正漸漸喜歡上這件事。

這隻狗需要食物，還有細心的照料，這意味著布萊恩必須要打獵、殺生。

不得已的話，布萊恩可以先多捕一些魚來餵牠，即使只是小魚也行。可是，這隻狗畢竟需要鮮美的紅肉，就和狼群的需要一樣。

但麋鹿的分量太多了。一頭小公鹿就可以滿足布萊恩和這隻狗的需要，這樣就不會浪費食物了。

他先循著一條小路前進，看能不能找出這隻狗是從何而來的端倪，至少弄清楚方位也好。同時，也想再看看能不能抓到一頭鹿。

這隻狗是怎麼找上門的？就留到傍晚的時候再去想吧，眼前有別的事情要做。

# 6 不安的旅程

晨曦中，布萊恩拿出弓和箭袋，那隻狗試圖跟隨他。

「不行，你必須待著。」布萊恩試著告訴牠。接著將手勢下壓，更堅定地說：「停！」

但那隻狗掙扎著起來，依舊倒向受傷的那一側，試圖跟著布萊恩離開營地。

最後布萊恩拿了段錨線，圈成一個不會滑動的項圈，連著繩索把那隻狗綁到獨木舟前面。

狗可以輕易地將繩索咬斷，不顧一切地跟著布萊恩，但牠似乎明白了，有根繩子綁著，意思就是牠應該待在原地。

起初牠坐著看布萊恩走遠，接著趴了下來。布萊恩留給牠足夠的空間，讓牠能到水邊解渴。走出視線範圍之後，布萊恩從森林中回頭窺伺了一下，狗起身喝了點水後，又回去躺下，似乎要去睡覺了。

布萊恩謹慎、緩慢地前進，用盡他渾身的本事觀察各種跡象，研究眼前的所有事物，卻沒找到任何線索可以解開那隻狗身上的謎團。

布萊恩繞著圈子開始行動，或許該說是半個圈子，因為路線遠離湖岸，往外走三百碼左右，就折返湖岸。在第一圈當中，他在一小塊空地的泥濘裡，看到狗的足跡，是從北方來的。

他開始往那個方向走，左右迂迴地前進，但只多找到一個記號，大概在第一個記號一百碼外，同樣指向北方。狗兒的腳印壓在軟泥裡，有片葉子上沾了點血跡。

僅止於此。

要是在秋天，會比較容易找到線索；冬天有雪，就更不用說了。秋天沒有樹葉，草地都枯萎了，要看到東西容易多了。現在有豐厚的腐植土，幾乎要站在上頭才看得見足跡，所以他無法找到更多線索。

也許，說不定狗是從北邊來的，就是這樣。不知道從哪兒來，也不知道有多遠，甚至不確定這個方向正不正確。那隻狗或許從東方來，因為聽到或聞到布萊恩，而轉向南方；也或許是從西邊來的。

也沒有找到鹿。

布萊恩是有看到一些訊息。他找到了一堆鹿糞，摸起來還溫溫的，但因為樹叢太過茂密，看不到鹿的蹤影，更別提要近身去放箭了。

他撞見一隻白腳兔，決定獵捕牠。一路走來，他的弓上都搭著寬頭箭，現在換上圓頭箭，但箭在途中碰上樹枝，稍稍改變了方向，於是偏低了點，射中兔子的腹部。在致命的第二枝箭射中之前，兔子還有時間叫了出來。兔子臨死前，有時候會發出尖銳的叫聲，尤其是在夜裡，掠食者逮到兔子時。布萊恩聽過許多次，真是教人神經緊繃，就像嬰兒在呼喊著媽媽一樣的聲音。他討厭這種叫聲。

更重要的是，這叫聲會向方圓數百碼內的動物示警：有掠食者正在狩獵。或許這也就是有這種叫聲的原因。這麼一來，狩獵就宣告結束了。

理由有二：第一，所有小動物都會躲起來，鹿隻也會離開這個區域。第二，叫聲會召來其他對這次殺戮感到好奇的掠食者。野狼、土狼、隼鷹、山貓、鼬鼠、狐狸、貓頭鷹，還有食魚貂，目前這個區域內所有的掠食者，都朝著尖叫聲而來，這樣一來，更確定剩下的小動物都會安分地藏起來。

這項規則唯一的例外是松雞，牠們非常遲鈍，彷彿沒有什麼能夠動搖牠們似的。但松雞有絕佳的保護色，在豐厚的腐植土之間，幾乎不可能看見牠們。雖然牠們暗色的肉非常鮮美。

兔子，還有魚也是如此。布萊恩在有樹枝的路徑上放箭，他暫時將罪惡感拋諸腦後，對那隻兔子心存感激。

他掉頭回到營地，沿路注意有沒有松雞，但一無所獲。他看到那隻狗依然綁著坐在獨木舟的那頭。牠聽到兔子的叫聲，然後看到布萊恩出現，就起身歡迎他。

「嗨，狗兒，」布萊恩說道：「我們有吃的了，我再加點東西，燉成一鍋。」

狗兒搖著尾巴，扯著繩子站起來。布萊恩將牠鬆綁，但得將兔子舉高才能避開這隻狗。

「不能生吃，」布萊恩說道：「也沒有肉。我馬上就把內臟弄給你。」

布萊恩將弓擱到一旁，拿出小刀，將兔子的身體中央俐落地劃開一道，把心臟、肝臟、肺臟都掏出來，給了那隻狗。狗兒狼吞虎嚥，吃個精光，接著豎起腦袋，輕輕搖晃尾巴，擺出小狗乞食的架勢，想要再來一些。

「要有分寸哦……」布萊恩微笑著，想到他第一次來到森林的時候。那時的他要是看到狗生吞內臟，鐵定會反胃。

但現在，狼群和土狼的獵殺他都見識過了，內臟是牠們最鍾愛的部分。這隻狗比較接近狼，是隻純真、友善的肉食動物。

布萊恩剝去兔子的皮，攤在高高的樹上以便晾乾。獸皮薄而易碎，和一般的衣料相去甚遠，並不合穿。但布萊恩盤算著，他要用這些獸毛和他帶來的小鉤子做成誘餌，看能不能用柳條當作釣竿，加上湖間溪流中的一些蟲餌來釣鱒魚。

布萊恩常在獨木舟下看到鱒魚，其中有些非常碩大。但牠們非常刁鑽，似乎看不上蟲子做的餌，也不會等著讓箭往身上飛過來。

布萊恩生起火，用最大的鋁鍋盛了些水擺在上面，然後將整隻兔子扔進鍋裡，接著蓋上鍋蓋，鍋蓋外緣錯開一吋左右，好讓蒸氣得以洩出。

然後他拿著一枝魚箭，沒有帶弓，把狗留在岸上，讓獨木舟往外漂出一段距離，進到蓮葉間。他把箭舉在一旁，三叉尖端在水面下約莫一呎深的地方，晃一晃箭頭，停住不動，接著又晃一晃。

牠們來了，小條的青鰓魚和太陽魚，有四、五吋長。牠們非常好奇，按捺不住，一直靠過來。說時遲那時快，布萊恩往下一戳，從側面刺中了一條，甩進船上，拔出尖端後再把箭放回水裡。

二十分鐘之內，布萊恩就抓到了十條魚帶回岸上，用小刀刀背刮去鱗片，俐落地剖開來，把內臟掏出，一樣拿來餵狗。然後整條丟進燉鍋裡，不去頭也不去鰭。水已經沸騰了。

布萊恩從背包裡捧出一把米撒進去：「這樣才有料。」他微笑著對那隻狗說道，接著又說：「來這邊，來。」

狗兒向他走來，用沒有受傷的那一側靠在他腿上，頭抬得高高的，要人撫摸。

「你真是個友善的女孩，不是嗎？」布萊恩揉揉牠的耳朵，在明亮的陽光下端詳牠的傷勢。看來縫合得並不差，但現在布萊恩可以看到，還有幾道傷口和擦傷。這隻狗的體側，彷彿被非常要命的小耙子打了一耙。

布萊恩說道：「是有爪子的。不是狗，也不是狼，不是咬出來的。是貓，大貓，豹子或是熊。」

這就是了。熊。幾乎可以篤定就是熊了。要不就是這隻狗不知何故逃離自己的家，之後撞見一頭熊。不然就是……還會是什麼！遭受攻擊之後才跑出家門的嗎？

「不對，」布萊恩搖搖頭，無意識地輕輕拍著狗兒。「真希望你會說話。這完全說不通呀！」

火堆上的鍋子煮開了，布萊恩用樹枝穿過提把，舉起鍋蓋，看看裡頭的食物。

兔肉已經開始從骨頭上脫落，魚肉恰好就要崩開來了。於是布萊恩將鍋子擺到一旁放涼，往火紅的炭堆裡丟了幾片綠葉。

周遭漸漸暖和起來了，各形各色的蒼蠅也蠢蠢欲動。就在燉鍋靜置待涼，還有布萊恩和狗兒進食的時候，煙霧會讓這些蒼蠅躲到湖岸去。

接下來怎麼辦？

他現在有朋友了，是個新朋友。他微笑著想到，這是第一隻狗，他的第一隻狗。雖然就事實上來說，牠並不是隻寵物；與其說牠屬於布萊恩，倒不如說牠是自己的主宰。

但牠是布萊恩的朋友，落難的朋友。俗話說，患難見真情。傷口好像開始癒合了，不過布萊恩還是擔心蒼蠅，盤算著要將一些泥巴煮了消毒，拿來敷在狗的傷口上，以避開蒼蠅。差不多過一個禮拜，就可以拆線了。

但現在牠需要的是食物，比他自己所需的分量更多。為了這個理由，他感受到一股前所未有的迫切感。

迫不及待想要採取行動。

但真正的原因不是這個。

有一股詭異的氣氛壓在他心頭，盤旋不去。

沒有輪廓、沒有方向，只是一股詭異的不安，好像在某個地方有某件事，是他必須要親眼、親耳、親身去體驗、去完成的……在哪裡呢？

好吧。就布萊恩找到的零星跡象所顯示，這隻狗似乎是從北方來的。

所以他，不再只是他了，他們要往北走。克里族的夏季營區就在那個方向，在箭頭湖裡的那座島上，差不多還有二、三十哩遠。

他可以去看看朋友，或許他們會知道這隻狗的來歷，就算不清楚，布萊恩也可能會遇到蘇珊，也就是凱瓜道西，並且跟她聊聊美人記。

現在，他們要吃掉這鍋燉肉，再替傷口裹上消毒過的泥巴，然後就要往北方前進。只是要去探望老朋友，一趟美好、愜意的旅程。

但布萊恩發覺自己依然惶惶不安，他搞不懂究竟是為什麼。

# 7 小公鹿大餐

布萊恩將湖裡的泥巴煮過，敷在狗兒的傷口上，泥巴還是濕的，但已經不燙了。許多泥巴掉了下來，但有一些留在傷口上，似乎有些幫助。

布萊恩正在動手敷的時候，想到一個更好的辦法。他可以從樹幹中的凹槽弄些針樅和松樹的樹脂，融化了敷在傷口上。

**這玩意兒黏性很強**。布萊恩心想著，**等到我們傍晚歇腳的時候，就這麼做**。他微笑了。他已經用「我們」在思考、說話了，好像這隻狗一直都在這兒似的。

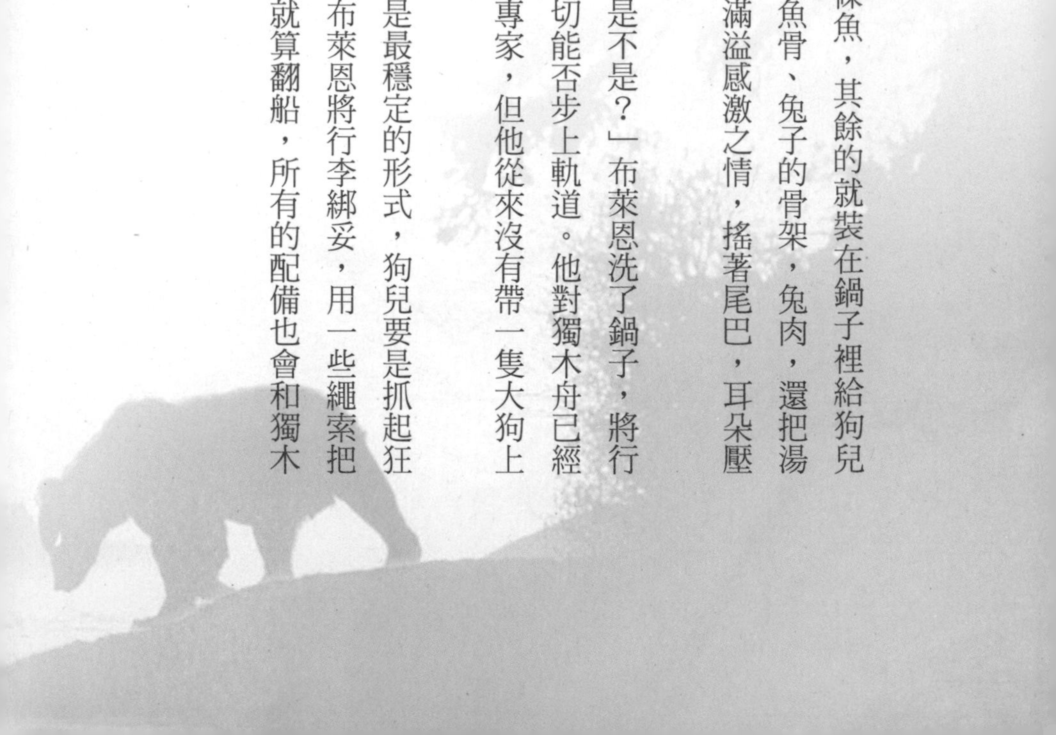

他吃了些兔肉，還有兩條魚，其餘的就裝在鍋子裡給狗兒了。狗吃了個精光，魚頭、魚骨、兔子的骨架，兔肉，還把湯全部喝光。牠看著布萊恩，滿溢感激之情，搖著尾巴，耳朵壓平，擺出服從的姿勢。

「哎呀呀，你可餓壞了，是不是？」布萊恩洗了鍋子，將行李放到獨木舟上，不知道一切能否步上軌道。他對獨木舟已經駕輕就熟，甚至說得上是個專家，但他從來沒有帶一隻大狗上路的經驗。

就船隻而言，獨木舟並不是最穩定的形式，狗兒要是抓起狂來，可能會打亂他的計畫。布萊恩將行李綁妥，用一些繩索把弓和箭袋繫住，這樣一來，就算翻船，所有的配備也會和獨木舟在一起。

他的擔心是多餘的。

布萊恩將獨木舟推入淺灘，讓它斜對著湖岸後，就回頭來抓狗。但狗兒一跳就跳到包裹前面，坐定了等著布萊恩上船。

布萊恩心想，這隻狗以前顯然坐過獨木舟，如果牠是克里族營地裡的狗，就理所當然了。

他把船推下水，還不到二十碼外，飽餐一頓的狗兒就在溫暖陽光下的晃動船隻中，躺在船板上睡著了。

布萊恩平穩地搖槳，遠遠地往前一探，再呈直線往後拉，讓獨木舟在穩定的流動中往前行進。

北方原野中有上千個湖泊，幾乎都有河流小溪相互串連。大致上，流向北方或東北，不過還是有許多河流蜿蜒流過和緩的高地。

布萊恩往湖的北端前進，尋找出水口，隨即看到有座水獺搭的水壩橫亙在往北的溪流當中。

布萊恩得在水壩上把行李卸下，用手壓低獨木舟，然後在下游重新打包行李一次。這也是布萊恩對克維拉材質唯一有微詞的地方。

克維拉纖維非常輕巧，而且極為強韌，但彈性太好，不耐操。就他所知，克里族人的獨木舟是採用厚重的舊式玻璃纖維材質，當他們遇到眼前這種水獺壩的時候，只要卯足氣力去闖，就可以從上面滑過去，然後在遠處再度落水，重新進入水流當中。

但狗兒機伶地跳出獨木舟，接著又跳回來，一點也不遲疑。他們順流航行了四、五哩，穿過幾個水塘。在抵達另一座湖之前，又遇到了五座水獺壩。

因為時間都耗在越過水壩上，此時已近傍晚，應該要在天黑之前找個地方歇腳，也讓布萊恩可以抓幾條魚，或許進行一場

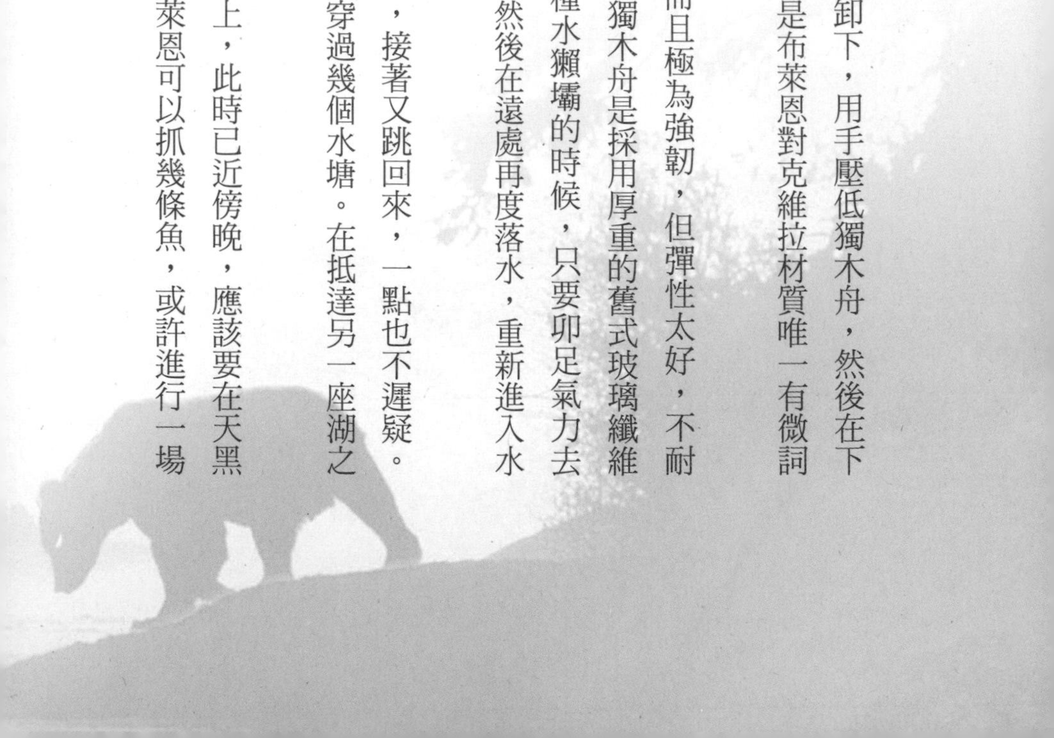

黃昏狩獵，打隻小鹿。

一天下來，他們看到了四頭麋鹿在水塘裡進食，其中兩頭本來可以手到擒來。因為布萊恩已經非常接近其中一頭小公鹿了，可是，牠的體重超過六百磅，就算和這隻狗一起吃，肉還是太多，解決不了，而布萊恩不希望浪費。

狗兒對麋鹿的反應很有意思。牠沒有吠，也沒有哀鳴，甚至沒有騷動，只是蹲伏在獨木舟裡，貼平了耳朵，壓低身形，靜靜地看著。牠不時回頭看看布萊恩，好像是在問他：「你要放箭了嗎？」

他找到一塊平地，靠近流向下一座湖泊的溪流入口。他決定操槳靠岸。

「出來。」布萊恩對狗兒說道。每遇到一座水獺壩，他都要這麼做，狗兒也都聽話。布萊恩讓獨木舟再漂回湖上，用魚箭叉了十幾條小太陽魚，蓮葉下有著數以百計的太陽魚。布萊恩用一段弦穿進魚兒的鰓，紮好後放進水裡保存。

他這次把狗兒也綁住了，然後拿了弓和箭，動身走入樹叢。他先前已從獨木舟上看到，沿著河岸往前一點有塊空地。他知道白尾鹿喜歡在天將黑時到空地，或許是要避開晚間的微風所帶來的蚊蟲吧。他竭盡所能地悄聲慢步，穿過森林與茂密的柳條，來到空地。

他停下來，看到一隻兔子從旁經過，於是為了眼前唾手可得的獵物駐足停住了。大好的肉塊呀！但他對那塊空地挺有把握，沒打算冒這個險。他對弓箭的操作已經得心應手。目前為止，他射中松雞翅膀已經有兩次了，這幾乎是不可能的事。他很清楚自己有兩下子。

他擅長用弓，因為他的眼力敏銳，看得到東西的內部，也就

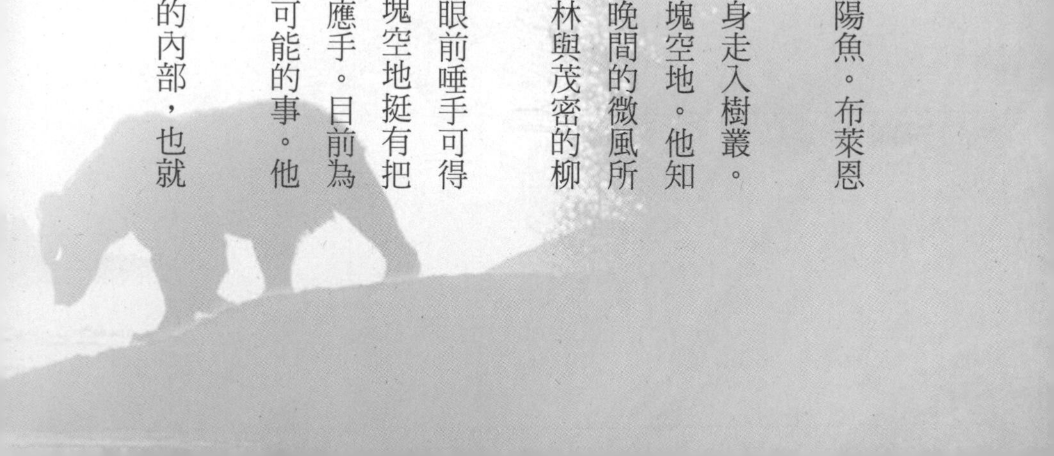

是箭射進去的地方。

在他眼中，箭就好像一道光束般，要對準它該前往的方向。既不是在打靶，也不是鬧著玩的。他的心念擴散開來，幾乎進入禪的境界，一心一意，別無雜念。

只有狩獵。

他看著箭為了產生食物、產生鮮肉，必須要前去的地方。為了產生食物，但詭異的是，生命來自於死亡。

當初斯彭一家人也覺得他很怪，因為他們手上拿著大口徑的來福槍，而布萊恩還在使用弓箭。後來他們看到布萊恩出手的樣子，看到他與獵殺的動作融為一體，用的是自己手製的弓和箭，而不是現代的壓製弓與筆直的箭桿。他們認為布萊恩就像老一輩的人，知道過去的做法。他們因此而敬重布萊恩。

距離空地還有一段路。布萊恩停下腳步，在他可以看到任何東西之前，在鹿可以看到、聽見他之前。

這一次他得到回報了。

空地上有四頭鹿。布萊恩小心翼翼地躡著腳步，靠向茂密柳叢的邊緣，用箭頭撥開葉片，架在弓上。一切準備就緒。

兩頭母鹿、兩頭公鹿，老的那頭擁有崢嶸的角架，上頭裹著鹿茸；另一頭是小公鹿，頭上的角依然細小而形單，茸毛更加茂實。

老公鹿的肉太老且肥，母鹿的肉質最好，但布萊恩不喜歡射殺牠們，因為可能會射到懷孕的母鹿。

那麼就是那頭小公鹿了。

鹿群並不知道布萊恩在這裡。他耐心等待著，調整呼吸，等了又等。

鹿群在二十碼外，也許更近，只有十五碼。有隻鳥從空地那

頭飛過，鹿群被突如其來的振翅聲嚇到，但察覺到那不過是鳥兒在喧鬧，所以沒有跑開。

那頭鹿踏了一步，停下來，現在距布萊恩藏身柳叢的地方，不到十五碼了。牠掉頭離去。

萬無一失。

布萊恩往後一拉，寬箭頭幾乎碰到弓身。他用手指頭扶著箭桿，以免在擦過弓身時發出聲響。他知道箭在飛行中會稍稍下墜，於是便瞄準了肩胛骨上方，定住了一會兒，蓄勢待發。

放箭。

箭飛得筆直，沒有碰到任何東西就離開了柳叢，好像從這裡消失了，然後進入公鹿體內。

小公鹿一躍而起，抽搐了一下，顫顫巍巍地顛了三步，便側身倒下。

布萊恩等著。其他的鹿仍然沒有跑開，只是看著小公鹿，好像很好奇。布萊恩就這樣站著，靜靜地讓箭在幾秒內完成它的使命。然後小公鹿的頭垮了下來，面向東方，一如許多動物死時所做的那樣；牠眼中的光采消逝了。牠不再是一頭鹿，而是成為肉塊，成為食物。

**感謝你，再次感謝你**，布萊恩心裡想著。但依舊站著不動，即使大公鹿在小公鹿死去之時，有靠過來嗅了嗅牠，其他的鹿也依然沒有跑開。

接著，布萊恩跨步走到空地，整個世界也為之兵荒馬亂。鹿群轟然躍起，眨眼間，已經蹦出空地，消失無蹤。布萊恩走向那頭小公鹿。

他用弓戳了兩下，確定牠確實死了。箭俐落地貫穿而過，躺在另一邊十至十二呎遠的草地上。布萊恩撿起箭，用手指擦去上頭的血跡，理乾箭羽，好讓箭羽立刻乾燥。

接著他割開鹿的喉嚨放血，然後把牠拖回營地。一般來說，他會就地處理這頭鹿，將內臟留下，但他打算留給狗兒，尤其是心臟和肝臟。

營地還在四百碼外，雖然不是很遠，但要穿過茂密的樹叢。他把鹿拖回營地的時候，天幾乎要黑了。

就在他抵達的時候，狗兒搖著尾巴，嗚嗚地叫著。布萊恩盛了一鍋水來煮，他快渴死了。接著收集了些延續火勢的木柴。他得在入夜之後處理這頭鹿，去皮拆骨，他需要光線。

「加菜了，」他對狗兒說道，拿出小刀和打火石：「今晚還有明晚都有得吃了，我們就在這裡歇腳，把牠吃了。」

狗兒用力搖著尾巴，用力到牠差點跌倒。由此看來，牠是完全同意了。

# 8 來自北方的蠱惑

到了早上，布萊恩決定改變心意。雖然他也說不清是為了什麼……。

他剝了鹿皮，鹿皮可以放上一、兩天，所以將鹿皮捲起來，晚點再晾。

轉眼間，狗兒就吃掉了心臟、肝臟和肺臟，輕鬆解決五磅的肉，接著又大啖殘羹剩餚。布萊恩把其餘的鹿肉切成方便使用的大肉塊。前腿後腿各兩條，脊椎兩側的腰部軟肉是最美味的部分，但這頭公鹿身上的這個部位非常小塊。

布萊恩不知道在哪本書上看過，狼一餐可以吃掉二十磅的肉。他想這隻狗也差不多，牠就是一直吃吃吃……吃個不停。

布萊恩切下幾片生肉扔給狗，即使牠肚子漲得鼓鼓的，布萊恩擔心會撐開牠的傷口，但牠還是把肉全部吃下肚。

他在火堆旁插了根樹枝，串了一塊差不多三磅重的腰部軟肉烤來吃。吃完之後，又烤了塊鹿肩，再吃了一些。狗兒仍然沒有停口，一直到布萊恩終於罷手，不再遞肉給牠為止。

這時狗就像石頭般重重著地，腦袋磕著地面，打起瞌睡來，過不久就發出鼾聲睡著了。布萊恩微笑著蹲在火堆旁，端詳著狗兒入睡。

白天的時候，他就看著牠，仔細地揣摩著，驚訝於他和這隻狗彼此投契的程度。狗兒一坐起身，四處觀望，布萊恩就不自覺地看著牠，觀察牠的反應，並且依靠牠的警告，提防有什麼事情發生。

這分牽繫前所未有。他真不知道自己這輩子是怎麼過的，從未有過這種牽繫，從未與其他物種，比如說一隻狗，如此親近。真是白活了。他決定，他的餘生都要有狗相隨。

從某種角度來看，這隻狗彌補了他生命中的缺憾，撫慰了他從未意識到的寂寞，他懷疑是不是人類一直以來都是如此。回到過去的時空，山洞中有個人抱了隻小狼，讓牠坐下，心裡想道：好啦，這下子我的生活更愜意了。好吧，也許不完全是這個樣子，總之差不多了。

古時候的人意識到某種東西，某種聯繫。布萊恩思考著，幾乎所有的文化都有狗陪伴著人們工作、玩樂，還有……他聳聳肩……還有吃東西。

他坐在火堆邊，準備睡覺，心裡盤算著明天還要悠哉地多吃點肉，然後烘成肉乾——要是還有剩的話。

黎明的第一道曙光乍現，布萊恩卻已經在打包行李準備離開。這會兒，布萊恩憑藉的多半是本能、是感覺，他習慣稱之為直覺。他認為，這是在潛意識中，藉由自己有時也不甚明瞭的知識，結合資訊，一路演繹而成的。

而且，這直覺通常是正確的，布萊恩學會信從它。今天早上，他一醒來，就有股內在的動力催促著他打包好獨木舟，準備出航。

往北走。他認為這隻狗是從北方來的，似乎有什麼東西蠱惑著布萊恩往北走。這會兒有股不尋常的急迫感。雖然他依舊一頭霧水，只知道和這隻狗，還有牠的傷勢，脫不了關係。布萊恩確定傷勢是熊造成的，可是這隻狗沒有理由只為了被熊打傷

就離開營地……。

除非……

他無法用邏輯推演出「除非」什麼？因為這件事一點也不合邏輯。他只是急著要走，要趕快上路。

於是布萊恩打點行李，裝上獨木舟後，再用繩索綁緊鹿的兩隻後腿，橫掛著浸在水中。清涼的湖水與河水，可以讓鹿肉起碼保鮮一天。

他推著獨木舟斜靠河岸，並揮手招呼狗兒跳進來。他划著獨木舟越過湖面，這時太陽已經高過樹冠，晒暖了他的背。

如果真要說他有什麼打算的話，他心裡是有個計畫。他要找到克里族的營地，問問他們附近是否有其他獵人，是不是和熊發生什麼過節。

他只打算到這一步，連帶想到要和凱瓜道西碰面，倒也挺不錯的。他本來就應該喜孜孜的，至少為了要探望老朋友而感到愉快。但是他發覺，自己划起槳來，好像愈來愈吃力。

用力划，用力往前划。拉著兩條鹿腿穿過水流，減緩了獨木舟的速度，讓人懊惱。布萊恩臉上沒有微笑，壓根兒就不開心；他用力往前伸出船槳，一次重似一次，往後沿著獨木舟劃開水面……。

湖的盡頭又有座水獺壩。越過水壩，重新打包行李，再回到水中，狗兒也再度上了船。順流而下，行色匆匆，目不斜視地一路往前。他現在甚至沒有思考，只是拖著獨木舟前進。湖泊盡頭，又是水獺壩。小溪流過沼澤，接二連三的水壩。一一越過，划了又划，再到另一座湖泊。

天就要黑了。

他沒有像往常那樣歇腳，要趁天還亮著，先找個地方。他找

了一塊略為傾斜的空地，摸黑四處尋找木柴。等到他準備好要燒水、切幾片肉燉一鍋肉的時候，天色已經很晚了。

他趁夜裡收集了更多木柴，生起熊熊大火，以便盡快將水煮開，並且就著火光進行他每天例行的裝備檢查。

檢查完畢時，肉已經燉好了。他喝下湯、吃了肉，將剩下的後腿拿來餵狗，便躺下休息了。

賣力划槳讓他疲憊和疼痛交加。本來應該很快入睡的，但他躺在草地上，內心忐忑不安，不知道還有多長的路要走。

根據描述，他原本以為克里族的營地距離不超過三十哩，但他今天已經走了快三十哩，仍然不見附近有大湖。雖然這一趟路程曲曲折折，但因地勢平坦，所以溪流蜿蜒漫溢。他很清楚，有個地方他左彎右拐划了兩哩，卻往北前進不到半哩。

狗兒似乎也受到他的心情影響，即使填飽了肚子，卻不像前一天晚上那樣，平靜地躺下睡覺，而是坐在布萊恩旁邊，幾乎挨著他的身子，往黑暗中凝視，不時發出溫和的低鳴。牠凝視的方向，正是北方。

布萊恩心想，那兒一定有些什麼東西，狗兒知道那是什麼東西，牠不喜歡。

布萊恩知道，那一定是這道傷口的元凶。狗兒試圖看透黑暗，掀動著鼻孔要攫取氣味，豎起耳朵不放過任何聲響。從牠觀望的模樣看來，不論那是什麼，都逐漸在逼近當中。

布萊恩往木炭上扔了些葉片製造煙霧，以驅趕蚊蟲，然後側身躺在地上，終於入睡了。沒有掩蔽，只有一件羊毛連帽外套蓋在身上。

天還沒亮他就醒了，再次生火煮了水來喝，再拿一些肉餵狗兒。然後坐上獨木舟，趁著第一道曙光出航。

一開始他全身僵硬、背部疼痛，但這座湖大概有一哩長，等他到達另一頭的出水口，身體就不再僵硬了，他又開始大力地划動船槳。

陸陸續續又有水獺壩，綿延的河流、湖泊、一連串的水壩、小溪、沼澤。接著，情勢轉變了。

有些不一樣了。起初他無法確定那是什麼。同樣的水流、同樣的獨木舟、同樣在划著槳，但周圍卻起了變化。當他沿著溪邊，在樹冠蔭翳下前進時，他意識到那是什麼了。

這裡的森林不太一樣。

沒有什麼風吹草動。之前一直都有些事情發生，顯示著自然的運作。但來到這裡，情況就不一樣了。

這裡有著先前所沒有的安靜，但不是獨木舟經過所致。一路走來，獨木舟根本沒有造成任何影響。他已經幾個鐘頭沒看到麋鹿了，之前，可以說四處都有麋鹿。他沒有看到鳥，更重要的是，連聽都沒聽到。

這兒有人類，他往人類靠近了。

沿著溪流再往前一哩，河道展開成平淺的入口，通往一座朝北的大湖。這座湖少說也有五哩長，布萊恩進入湖中，左右兩側快速地變寬，接著好像往五哩外的盡頭處一路縮窄。

這座湖的形狀就像是個箭頭，或者說差不多就是。還有，即使是在午後的熱氣蒸騰中，他依稀可以在遠方的盡頭處看到一座大島。

他的克里族朋友紮營的地方，就是這座湖沒錯。布萊恩將剩下的那條鹿腿拉到獨木舟上，好讓槳划得更順暢，接著開始划向那座島嶼。

但彷彿是命運對他向來太過仁慈，現在決定要好好捉弄他一番似的。

陣陣微風帶著雲氣，從北方吹起，風勢迅速由弱轉強，化作強風迎面吹打著他。平時，他一個鐘頭可以划三哩，有時候還可以達到四哩，但現在下降到只剩一哩了。還有些水花濺到弓箭上。

他斜斜地滑向左方，往岸邊靠。浪花減弱了，不再有水濺到獨木舟裡，但風勢仍然強勁，他以為越過湖面只需要花上一個多鐘頭，突然間卻變成要划六個小時，而且還得賣力前進。

幸好他的肚子裝滿食物和水，還氣力十足。他不慌不忙，順應眼前這每小時不到一哩的速度。

過了四個鐘頭，離那座島嶼只剩一哩半，卻有另一種詭譎的氣氛襲上心頭。

風勢從那座島直直吹向布萊恩，然而在他越過湖泊這一路上，卻什麼也沒有聞到。如果他們在這座島上紮營的話，應該會生起火來煮飯取暖才是。

可是布萊恩什麼也沒有聞到。

而那隻狗……

牠立起身子，四腳著地，低鳴聲比以往更加響亮，當中還摻雜了暗吠。牠的耳朵豎起又放下，然後又豎了起來。一下聆聽，一下躲藏，然後再次聆聽。這些舉動代表牠蓄勢待發，卻又憂心忡忡？

布萊恩停下動作，不禁伸出手來，從箭袋裡抽出一枝寬頭箭搭在弓上。一時之間，他雖然沒有划槳，獨木舟還是繼續往前滑動。

他心中暗想，這太愚蠢了，我簡直是杞人憂天。但他還是把弓擺在伸手可及的地方。

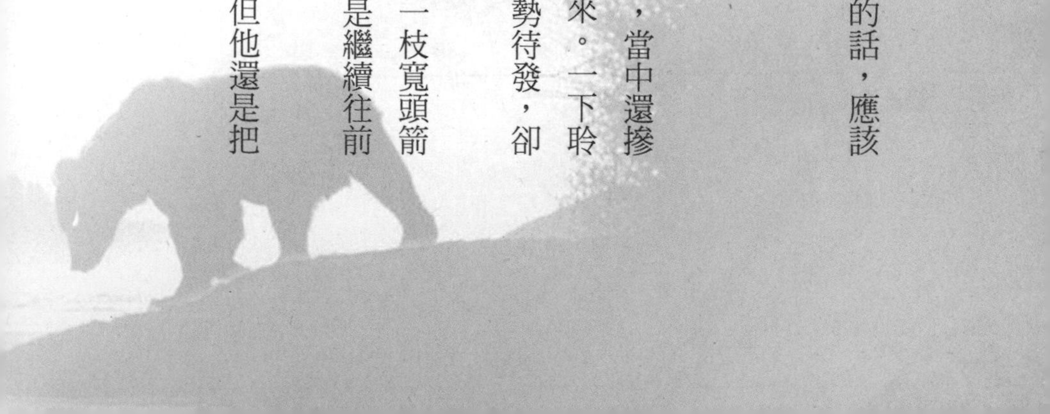

接著，他將船槳向下鏟，往後一拉，使勁划向島嶼。狗兒低吠著，接著開始狂吠。

布萊恩心想，真希望可以聞得到他們的煙味。

# 9 生死的足跡

布萊恩起初認為他們只是離開了，或許為了某些原因回到鎮上了。雖然他知道，他們討厭城市的程度不亞於他。

但沒有狗兒用叫聲歡迎他，島上一點聲響都沒有，甚至聽不到鳥鳴。他才剛把獨木舟拉到岸上，排在他們船身十八呎、玻璃纖維打造的獨木舟旁，他就知道不對勁了。

當他拉著獨木舟上岸時，狗兒從船裡跳到陸地上，但沒有離開布萊恩，沒有直奔上岸。布萊恩將獨木舟綁到樹枝上時，牠就站在布萊恩身旁，壓低了身子。

布萊恩拿起弓，將箭袋掛到背上，在弦上搭了枝寬頭箭，心想，好吧，這可真是瘋狂，要是讓他們看到我這樣提心吊膽地走上岸，就只有接受他們的嘲笑了。

從他們繫著獨木舟的岸邊開始，有一條寬五十呎左右的小路蜿蜒通往營區。他可以看到他們用未去皮的原木蓋了間小屋，大概十五呎見方，然後在梁木上拉了塊防水布當作屋頂，讓防水布高高突起，將水導開。

沒有人煙。

好吧，他們都走了。這真是太糟糕了，沒關係，他們會回來的，而且……

小屋的門敞開著。這扇門是用三塊軟松木劈開而成的粗糙木板做成的，上頭掛了條皮革製的絞鏈。布萊恩在二十碼外就看得清清楚楚。但門敞開著，他們通常不會任由門這樣開著。

狗兒停了下來，掀動鼻孔，背上的毛全都高高豎起。牠發出低沉、穩定、隆隆然的吼聲。

布萊恩將拉弓的三隻手指往弦上一搭，準備好拉弓放箭，然後往小木屋靠近。

一股味道撲鼻而來。不是煙味，不是木頭的煙味，而是血腥味。是腐敗的血肉發出濃烈、腐壞的臭味。

他再次停下腳步，吸吸鼻子，吸進這股令人作嘔的味道，也盡量在同一時間內看看四周，張開嘴，屏住呼吸，好聽得更仔細。這時候，他聽到蒼蠅的聲音。

他心想，好吧，好吧！他們留了些肉在這裡，有什麼東西闖進小屋裡攫取肉塊，讓蒼蠅飛了進來，然後……然後……然後……。

完全不是這樣，大錯特錯！他這一生中從未感到如此強烈的錯誤，他的身心都渴望逃跑，渴望離開這個地方。但他知道自己必須前進，走進那間小屋……

布萊恩站到門的側邊，還有八呎遠：「裡面有人嗎？」接著對著森林的方向，更大聲喊著：「有沒有人呀？」

什麼都沒有。除了蒼蠅逡巡不去的營營聲，沒有其他聲響。他又站了一會兒，緊張地扯開弓弦。接著深吸一口氣，提著氣踏進小木屋。

沒有窗戶。唯一的光源來自門口，還有透過帆布頂灑下的微弱光線。他站到門口的內側，在突如其來的闃暗中，有好一段時間看不見任何東西。

於是，他站到一旁，好讓光線透進來。在此同時，他的眼睛也適應了眼前的黑暗。

「天哪！」

不假思索地，他叫了出來。看起來好像曾有顆炸彈在小木屋內引爆了似的。

袋子、箱子、睡袋、帆布床、陷阱、圈套，還有存糧，都被撕成碎片，散落一地，彷彿是一堆垃圾似的。

但是沒有人。他們也許去其他地方了，也許上了飛機。或許的確有頭熊闖進了小木屋，把東西扯得七零八落。他看到麵粉袋上有撕裂的痕跡，可能就是出自熊的傑作。

不對，事情沒有這麼簡單。不僅止於此，他心裡有數。他知道事情另有蹊蹺，雖然他不願意承認。然後，他看到了他一開始忽略的東西。

蒼蠅。營營的蒼蠅聲從四面八方而來，但那些聲響是錯覺，因為蒼蠅都聚集在角落，那裡有撕碎的睡袋，底下蓋著什麼東西，蓋著什麼……

布萊恩走向角落，不敢呼吸，只有恐懼。他的手伸向撕開了的睡袋一角，往旁邊一拉，看到屍體了。

一具人類的軀體對摺起來，被蓋住了，在角落裡攪成一團。這是凱瓜道西的父親大維，全身支離破碎，臉被扯開，脖子被掰斷，有條手臂被撕了下來，有一半還連著軀幹，腹部上開了個洞……

「啊！」布萊恩轉過身，立刻吐了出來，差點吐在狗兒身上。狗兒跟著他進入小屋，放聲咆哮，但也嗚咽低鳴。布萊恩看著死去的人：「天哪！天哪！……天哪！……」

布萊恩無法思考，什麼也做不了，除了在旁嘔吐，試著說服自己剛剛看到的不是真的。

不會這樣。不會真的就這麼發生了，不要這樣，不要是這麼可怕的事情……

他轉過身去，大維依然在那裡，蒼蠅有如濃雲密布。布萊恩的腦海中有一部分在自動運作，他看到自己目不忍睹的事情，但無法讓自己坦然接受。

大維在角落裡，死了。不會是這樣的，但事情就是發生了，大維被扯得四分五裂。這一定是熊幹的。是熊，一頭凶暴的熊突然闖進小木屋，攻擊並且制服了大維，殺害了他。

他有抵抗，或試著要還擊。角落裡有枝大口徑的來福槍，就在屍體旁邊，彈膛已經拉開了。大維曾試圖要上子彈，但熊來得迅雷不及掩耳，他來不及開槍。或許槍本來就在角落，當熊撞進門來時，大維試著開槍，但熊先逮到他了。

其他人怎麼樣了？大維的妻子安呢？還有那對小男孩和小女孩？還有蘇珊——凱瓜道西？

天哪！布萊恩心想，天哪！他們到底怎麼樣了？他們到底在哪裡呢？

以後有的是時間做該做的事，先找到其他人才是最重要的。他轉身背向大維，在小木屋裡的其餘垃圾之間掃視，翻撿紙堆、袋子，還有床鋪。沒有其他屍體。

那麼，一定在外頭了。先將大維擱下，當務之急是到外頭去。一定有些線索，他忽略了眼前的事物，因為他那時正緊張。外頭肯定有些蛛絲馬跡。

他一走出小木屋，才驚訝於他走到小屋門邊的這一路上，錯失了多少東西。

通往湖邊的硬實路徑旁，軟土上有熊清晰的腳印；一頭大熊，碩大無比的熊。腳印將近六吋深，就以散布在軟土上的情況看來，這頭熊想必超過五百磅重。

朝向小木屋的成對腳印距離較遠，而且吃得夠深，顯示這頭

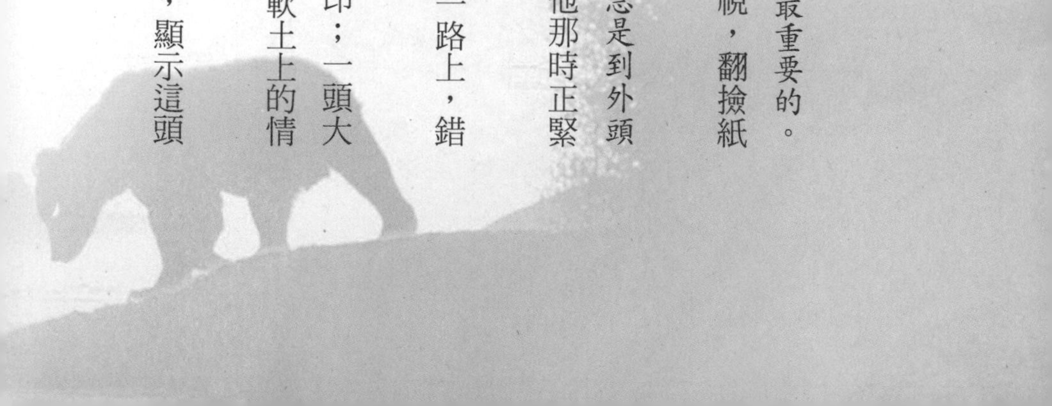

熊似乎在奔跑。跑著要闖進去？這說不通呀！

接著他又看到靴印，沿著和熊一樣的路徑，跑向屋內，這樣就清楚多了。

熊攻擊的時候，大維在外面，他奮力跑進小屋，拿他的來福槍。但功敗垂成，雖然他已經拿到來福槍，把彈膛拉開了，但熊緊追在後，趕上了他。熊咬死了大維之後，把小屋鬧得天翻地覆。

但是安呢？還有凱瓜道西。她們也在外頭嗎？

離開小木屋的腳印比較整齊，靠得更緊。布萊恩跟著腳印，然後停下腳步，想到那把來福槍，但他隨即搖了搖頭。因為他不熟悉槍枝的操作，如果撞見那頭熊，他也許會失手。更何況，在進入動物身體裡的時候，寬頭箭就是絕佳的武器。

他轉身離去，架好弓箭，慢慢地走，每幾步路就停下來，仔細聆聽、傾聽。他心想，不管發生什麼事，從大維屍體的狀況，以及傷口裡蠕動的蛆蟲來看，已經是幾天前的事了。

「安？蘇珊？」布萊恩呼喚了好幾次，但其實心裡有數。如果他剛到營地第一次大喊時，他們沒有回應，那他們現在也不會回答。還有兩個更小的孩子，一個男孩、一個女孩，可是他記不起他們的名字。他們也遇害了嗎……。

狗屋。那裡原本有三、四隻狗，不是放開的，而是用短鍊繫著，免得牠們把東西扯壞。

熊剛開始的行跡是到狗屋，有三隻狗躺在那兒，熊只有輕輕一拍，牠們就死了。第四條鍊子的末端，連著一個扯斷了的尼龍項圈，布萊恩回頭看看跟著他的那隻狗。

「那就是你？你逃開了？可是，如果安和蘇珊在這裡，你怎麼沒待著呢？或者兩個小鬼？」

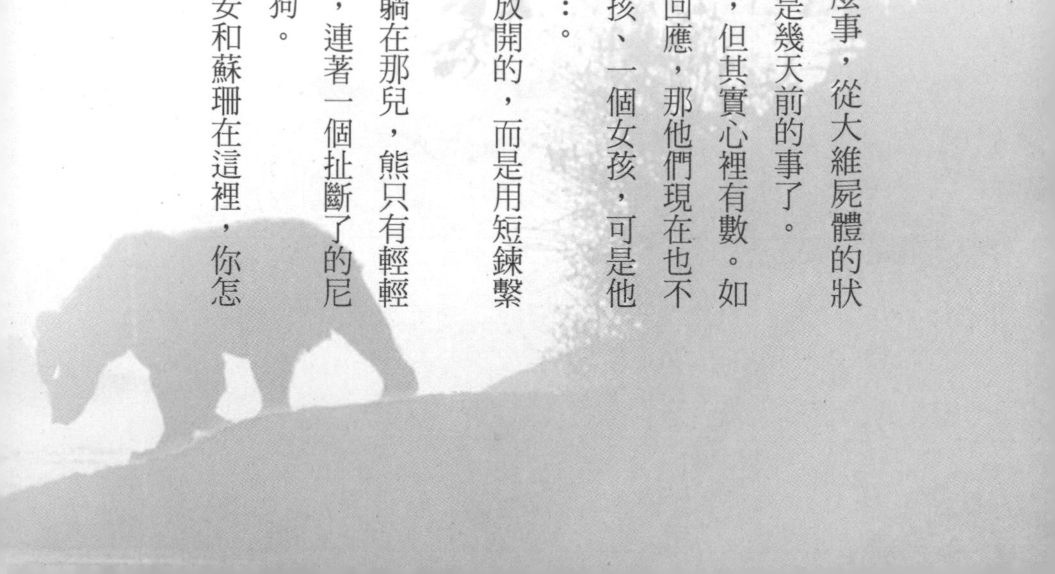

除非，布萊恩心想，除非他們都死了。拜託，千萬不要，別再來了，不要是現在……

在狗屋左手邊，有熊的行跡朝著樹叢而去；沿著腳印，還有一道拖曳的痕跡，好像是熊拖著沉重的東西前進……

不要。千萬不要……

跟蹤這條行跡並不困難，因為腳印並沒有走遠。進入森林，走了四十碼，他就找到第二具屍體了。屍體部分殘缺，臀部和大腿都不見了。面朝上躺著，頭部被黑髮蓋住，樹葉和灰塵覆蓋著身體的其他部分，似乎是埋好了以後再吃。

拜託，不要……

他隱隱作嘔，但這回他沒有吐出來，而是蹲在屍體的頭顱旁，撥開頭髮，看出這是安，蘇珊的媽媽。她的臉並未遭撕扯，儘管如此，她還是被狠狠一掌打斷了脖子，頭部呈現出詭異的角度。

布萊恩突然全身無力，坐倒在屍體旁的草地上。不久，他站起身來，走回小木屋。該做的事留到晚點再做，他要先弄清楚蘇珊和其他孩子的下落。

他盡量不去想那些屍體，但這幾乎不可能。他逼迫自己的意念轉到狩獵時的追蹤狀態，尋找跡象。湖岸和小島間的水非常淺，最深也不過幾呎。

他很快就找到熊涉水而過，來到島上的地方。濕泥上形成巨大的痕跡，草叢裡有泥濘的痕跡穿過低矮的榛果叢，朝著狗兒們以及狗屋的方向而去。

熊一定是在那兒聞到了狗的食物、魚肉，還有水獺肉。風向良好的話，這些味道會飄到幾哩外。

布萊恩一心一意想加緊腳步，奔跑著大喊蘇珊的名字。但他強迫自己放慢腳步，步步為營。

熊的腳步很平靜，只是走路，並不急促。直到牠穿過榛果叢，狗兒們看到了牠，也許開始狂吠。

有了！他在狗屋旁看到兩個人的腳印，一個較大，另一個稍小一些。應該是大維和安，還有一個凹陷的籃子。他們或許正在餵狗。

從榛果叢的邊界到他們站著的地方，還不到十碼，只要三十步。對那頭熊來說，只要三個縱身就趕上他們了。

頂多只有兩秒的示警，熊就立在他們眼前了。狗兒們狂吠，熊一掌擊中安，布萊恩彷彿可以看到她的屍首撞到哪裡。然後大維奔向他唯一的希望——小木屋裡的來福槍。熊的腳印刨鏟著，追向大維，接下來就進入小木屋了⋯⋯。

接著，那頭熊又走回狗屋，想必牠殺了那些狗，除了布萊恩身邊的這隻。然後熊繞著安屍首倒下的地方走動，拖曳的痕跡就從這裡開始，牠把安拖進森林裡享用。

沒有其他新的足跡。狗屋旁或狗屋到小木屋之間，都沒有小孩的行跡，也沒有蘇珊的行蹤，沒有比較新的腳印。

也許她不在這裡，也許她去鎮上探望留在文明世界裡的親戚或朋友，帶著小朋友一起離開了。

布萊恩開始做圓狀的搜索，繞著活動的中心——攻擊的地點和小木屋——穿梭在樹叢間繞圈圈；剛開始貼得很近，每一圈往外移四呎，專注地觀察，仔細研究每一根樹枝、每一枝草葉。到了第十圈，他有所發現，他覺得自己沒有立刻察覺到這些，真是愚蠢。

就在從湖邊過來的那條小徑旁，有兩個腳印，似乎有個人，個頭比布萊恩和大維都來得小，走著走著，忽然停住腳步，拔

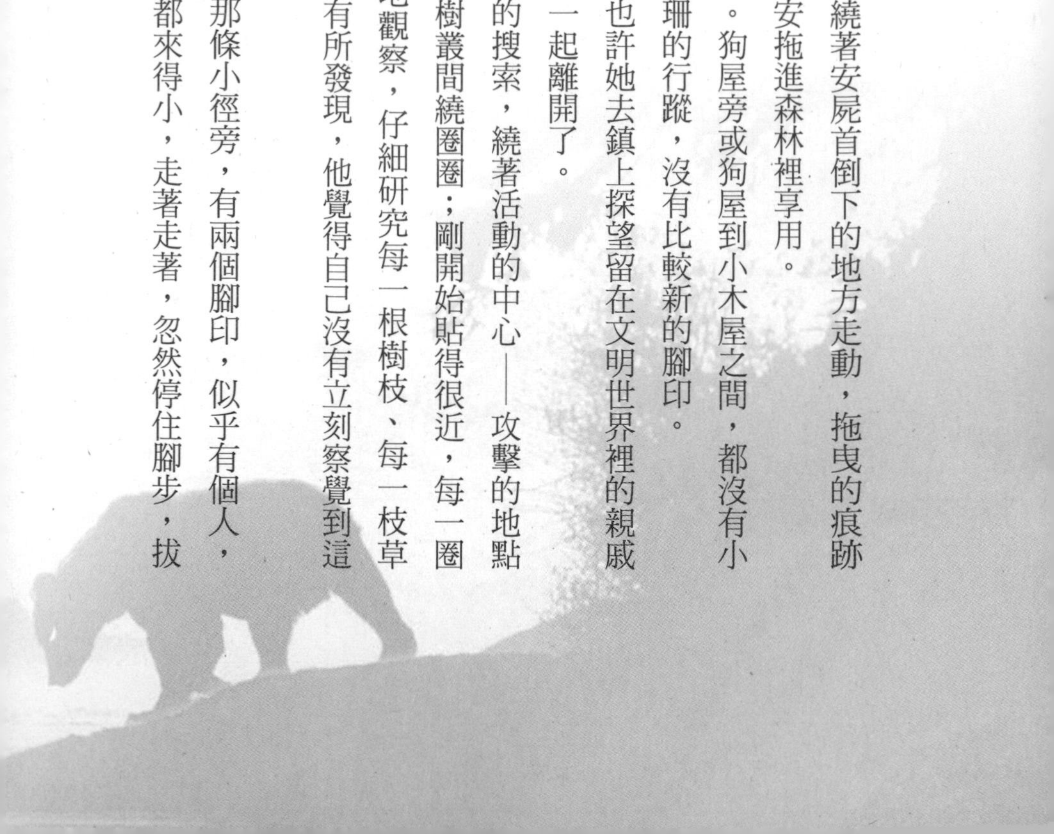

腿就跑，發了瘋似地跑回岸邊。

獨木舟被推離湖岸的地方，有許多拖曳的痕跡，這兒躺著兩把船槳，藏在高高的草叢中，呈現古怪的角度。一定是她將獨木舟翻過來，推進湖裡的時候，從獨木舟上掉下來的。

她沒有船槳，想必是用手划行。

就在岸邊，有許多熊的足跡，熊跑到岸邊，然後沿著湖岸走動，可能跟了獨木舟一小段距離。

在第一道足跡旁的地上，有個兩公升裝的小籃子，周圍散落著覆盆子。

是蘇珊。沒有更小的足跡，沒有孩子們的行蹤。

她當時上了獨木舟，沿著岸邊採集覆盆子。攻擊發生當時，她並不在現場。有兩艘獨木舟。布萊恩搖了搖頭，為自己的粗心感到懊惱。他們當然有兩艘獨木舟呀！一艘獨木舟無法載運所有的行李和人員。

蘇珊乘著另一艘獨木舟去採集野果，也許是到湖岸，或是到這座島的另一頭。

她稍後才回來，不知道是熊吃飽了前後，但肯定是在攻擊發生之後了。蘇珊被那頭熊嚇了一跳，不對！是那頭熊看到蘇珊過來，往她那兒靠近，將蘇珊追至獨木舟，逃離到湖泊上。

南側堤岸的軟泥上，有許多熊的足跡，他剛才抵達的時候忽略了。足跡延續了好長一段距離，一直到視線之外。

這麼說來……。

當時，那頭熊已經攻擊過安了，但牠仍在附近徘徊，說不定就在小木屋裡進一步翻找。

這時候蘇珊採完果子回來了。

或許她喊過家人，感覺到不對勁。熊聽到她的聲音，趕了過來。但她就在獨木舟附近，便回到獨木舟上，離開岸邊。在熊搆到她之前，划進深度綽綽有餘的水中了。

真快，她的手腳真快。熊切了個斜角，沒有沿著小徑跑，這說明了布萊恩剛剛抵達的時候，為什麼沒有看到熊的足跡。

布萊恩心想，天哪，她肯定被嚇壞了。情況遠比這更加惡劣——她不知道她的父母怎麼樣了。

但她為什麼沒有回來呢？由蒼蠅卵和蟲子判斷，已經過了兩、三天，她仍然不在這裡。

還有，兩個小朋友到哪裡去了？布萊恩完全沒看到他們的足跡，也沒有……布萊恩不安地嚥了一下口水……也沒有看到任何跡象顯示，熊來侵襲的時候，他們在附近。

難道那頭熊逮住了蘇珊和小朋友，把他們帶走了嗎？

「過來，」布萊恩跟狗兒說：「待在我身邊。」

布萊恩沿著島嶼的岸邊小跑步前進，狗兒在稍前處。他們朝著南方，順著湖岸邊延展開來的熊腳印，穿過柳樹與榛果叢，但始終貼著湖岸前進。可以清楚看到熊的腳步不時跳進水中，又折返……

天哪，牠在戲弄蘇珊。她沿著岸邊划行獨木舟，試圖甩掉那頭熊，從另一邊靠岸，回到營地。那頭熊戲耍她、嘲弄她，只要蘇珊離岸邊太近，就往前撲過去。

繞著這座島，然後離開岸邊，想必那時蘇珊是划向對岸了。布萊恩由淺水區涉過，看到那頭熊也跟著蘇珊來到對岸。但是，再經過一百碼左右，熊玩膩了，停下腳步，掉頭往島嶼的方向走去。但牠走進林中，地質比較堅硬，草叢茂密，布萊恩就這麼跟丟了熊的足跡。

那蘇珊為什麼沒有回到島上呢？換個準確的問法：那頭熊為

什麼不再沿著岸邊追蹤她呢？

布萊恩想到兩個原因：第一，蘇珊離開湖岸，回到湖面上。她只能用手划，無法好好控制獨木舟。要是颳起了風，即使只是微風，也會將蘇珊帶走，四處漂流。幸運的話，風會將她吹到湖面上，遠離那頭熊。如果運氣不好，風就會將獨木舟吹向岸上……

布萊恩甩開這個念頭。蘇珊沒有回到島上的第二個可能，因為天黑了。蘇珊用手撥打著划水，盡可能不要被風吹走，這樣一來，在寂靜的夜晚中，划水聲格外地清晰。既然有熊等在岸上，她就不可能讓自己在黑夜時接近島上。絕不可能。

所以她划向湖的深處，更有可能的是所向披靡的北風整夜吹著她，把她吹向湖的南岸，進入布萊恩曾經過的大沼澤、柳樹叢和濕地。

也許就在他北行的路上，也許就在不久以前，他才和蘇珊擦身而過。她可能被吹到東側的岸上了。

她可能就在那裡。沒有船槳，她絕不可能讓獨木舟回到北邊，要是赤手空拳，沿岸徒步前進的話，形同自殺。

布萊恩停下腳步，看著湖岸和那隻狗。牠停止低鳴，背毛不再豎起。熊已經不在附近了。

他得回去，乘著獨木舟去找蘇珊。她一定在湖泊南岸的某處，試著往北前進，想要回來。

布萊恩動身慢跑回去，狗兒始終靠在他身邊。傍晚已經來臨，他知道應該要把大維和安埋葬起來，但他也知道這些事必須稍後再做。

必須先找到蘇珊。

必須先搞清楚孩子們怎麼樣了。

必須趕在熊的前頭。

……

終於在天黑之前找到了蘇珊。

布萊恩和狗兒沿著岸邊走，靠著水邊搜索，向外凝視著湖泊中央，同時警戒著森林邊緣。

她在湖的東岸，往南四哩處，沿著湖畔的淺水區拖曳著獨木舟，要是看到熊，可以跳上船，推到湖中。

早在蘇珊看到他以前，布萊恩就看到蘇珊了，因為他看著那隻狗。當牠撩起鼻子，捕捉某樣東西，某個熟悉又親愛的人的氣味時，布萊恩就看到了。

蘇珊正專心盯著岸邊濃密的葉叢，在距離一百碼的時候，布萊恩呼喚她：

「蘇珊！」

蘇珊嚇一跳，跳進她的獨木舟，好像要躲起來。布萊恩靠得更近，才看出在恐懼及求救無門之下，她已經瀕臨崩潰。布萊恩感同身受。他也曾體驗過這種恐懼。蘇珊可能已經兩、三天沒睡了。

「是我，布萊恩……妳不認識我，但我和妳的家人相處過一段時間……」

布萊恩將她的獨木舟拉到自己的獨木舟旁邊，並將兩艘獨木舟固定在一起。

「熊……」蘇珊說道。她的頭髮凌亂，臉上、手臂上都是擦傷。她在水裡待了太久，講起話來不自禁地打顫：「熊……」

「我知道。我知道。來，先裹上這個好好睡一下。我幫妳拉回去。」

布萊恩拿了睡袋，伸手遞進蘇珊的獨木舟，讓她裹在裡頭，

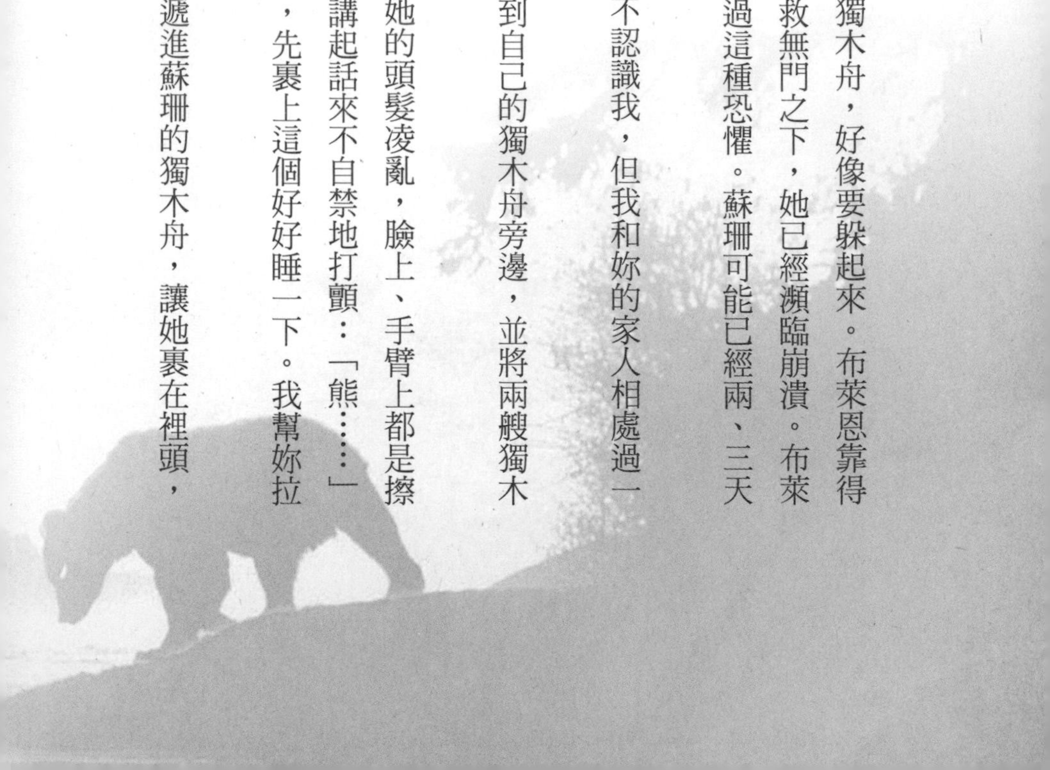

強迫她躺在船底，同時在她的船首綁了繩子，繞回繩子開始划槳，將她的獨木舟拉在後頭。狗兒跳進第一艘獨木舟，坐在蘇珊身旁。

蘇珊已經累壞了，筋疲力竭到沒注意狗兒出現，才一坐下，疲憊感強烈來襲。

這會兒天要黑了，傍晚的空氣凝重，吹起了北風，還有浪花。逆風拉著兩艘獨木舟回到島上，要花上五、六個鐘頭。那正好。蘇珊需要休息。她還不知道她爸媽的遭遇，頂多只能揣測，當她發現真相時，一定難以承受。

現在她能夠多睡一會兒，就是天上掉下來的禮物。

# 10

## 追殺惡魔熊

整件事浮現在他們眼前。

一開始並沒有。起初有段時間，布萊恩彷彿沒有想到，也沒有記住，但他知道，接下來的日子裡，這件事會在他腦海中盤旋不去。

他們在黎明之際返抵島上時，蘇珊還是不省人事的熟睡狀態。布萊恩任由她熟睡，現在狗兒一直都在布萊恩前面，牠的背毛服貼著，沒有熊出現的徵兆。

布萊恩花了點時間用籃子和帆布將屍體裹好，把安拉回小木屋，再用鏟子在空曠的地點，靠著東牆挖了個平淺的墳墓，將他們並排埋葬。

接下來，布萊恩試著把小木屋清理乾淨一點，另外挖了個淺墳埋好狗兒們，然後回到獨木舟，就著湖水反覆清洗後，才把蘇珊喚醒，摟著她，告訴她父母雙亡的事實。

她早已經猜到發生了可怕的事情，因為爸媽沒有來找她。即使如此，這仍然是個沉重的打擊。她啜泣了好幾個鐘頭，而在她哭泣的時候，布萊恩摟著她坐在湖岸，將弓箭擺在手邊，狗兒則在稍遠的地方。

布萊恩手足無措，那隻受傷的狗兒出現時，布萊恩也是這般無助。在斷續的哭泣間，布萊恩得知另外兩個孩子，保羅以及蘿拉，去探望住在溫尼伯的親戚。

蘇珊來到新墳前，在上頭各擺了一個木板製成的十字架，然後走進小木屋。布萊恩盡可能整理過，用湖水清洗蘇珊的父親躺過的地方。在滿目瘡痍中，蘇珊在布萊恩未翻開的角落，找到一台短波無線電與發訊器。雖然被打得東倒西歪，但蘇珊將它擺回架上，裝上充電電池後，無線電還能運作。

蘇珊呼叫相關單位，他們的效率讓布萊恩感到驚訝。呼叫之後不到三個鐘頭，一架飛機降落在湖面，三名大漢下了飛機。一位是駕駛，還有加拿大騎警和自然資源管理處的人。

他們迴避了蘇珊，只和布萊恩單獨談話。布萊恩很慶幸蘇珊沒有聽到他們詢問的細節。詢問結束後，他們站在小木屋旁。騎警問蘇珊：「妳有親戚可以投靠嗎？」蘇珊點點頭：「我的姑姑和姑丈住在溫尼伯……」

「那我們就載妳到那裡，需要我們幫妳收拾行李嗎？」

「不了，我自己來。」

蘇珊走向小木屋，騎警轉向布萊恩：「我聽說過你。你就是在墜機之後歷劫餘生的男孩吧？」

布萊恩點點頭。

「你要搭機離開嗎？」

布萊恩搖了搖頭：「我要留下來。」

騎警端詳了他好一會兒，然後點頭：「你說了算。」

他轉身對管理處的人說道：「還有，你要處分那頭熊嗎？」

管理處的人搖搖頭：「這裡有許多熊，十到十五哩之內也許有好幾十頭。我們弄不清楚要處分哪一頭。」

布萊恩瞪著他，想說：「牠們有留下痕跡，從這些線索就可以認出是那頭熊。」但他按捺下來，沒有說出口。

森林對每個人的意義都不同。他們有飛機、槍枝、無線電，以及全球定位系統，但就某種意義而言，他們一無所知，因為

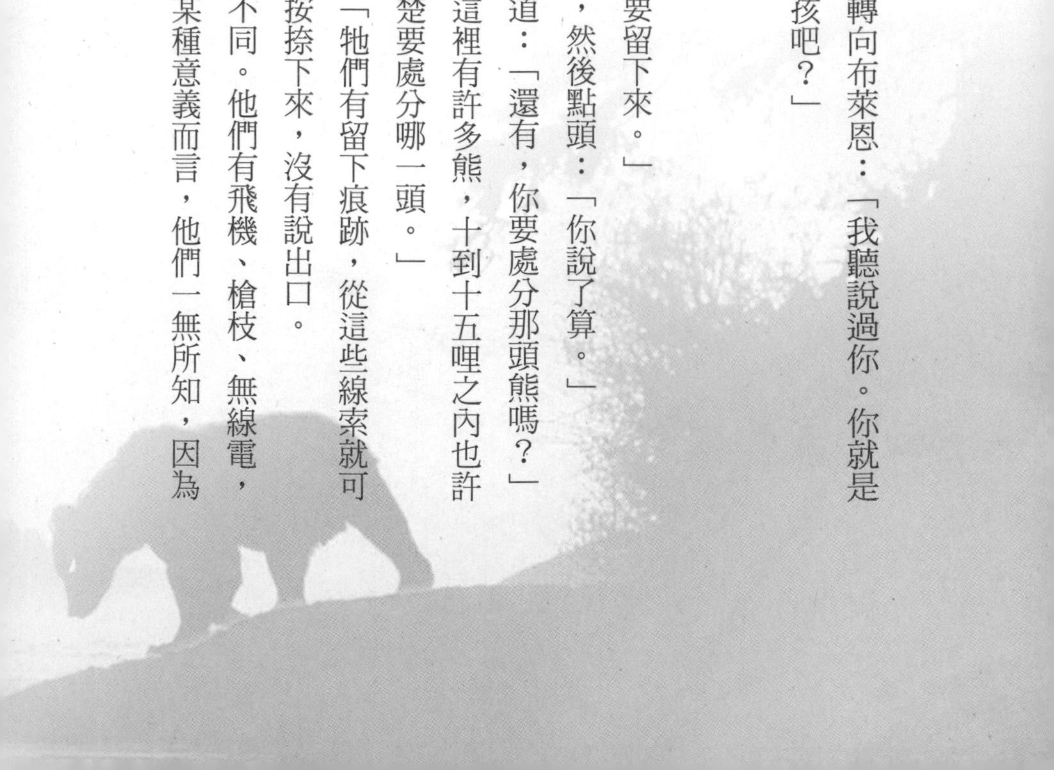

他們有的是取巧的方法，而且，因為把目光放得太遠，他們錯過了許多細微的事物。

布萊恩從未見過那頭動物，但他對那頭熊瞭若指掌，包括牠走路的方式、轉身的方式、思考的方式。

然而，就算那頭熊站在他們前面，在他們眼中只有重量、體長、毛色、基因編碼，以及細胞信號，但從不曾真正去認識那頭熊。

布萊恩什麼也沒說，但他明白他們錯了。布萊恩認得出那頭熊，他會找出那頭熊。

蘇珊提了個帆布袋走出小木屋，裡頭裝滿她的東西。他們互相擁抱，蘇珊看穿他心裡的打算，在他耳邊輕聲說道：「你一定要小心。牠跟其他熊不一樣，牠是惡魔，是頭惡魔熊。你要小心……」

起初布萊恩沉默不語，只是抱著蘇珊，然後他說出了自己一心掛念的事情：「事情結束之後，我必須再見妳一面。我有好多話要跟妳說。」

蘇珊點點頭：「我明白。我在小木屋裡留了一封信給你，上頭有我的電話、地址。我會等你。結束之後就來找我。」

蘇珊和那些人一同攀上飛機的氣墊，走進飛機裡，駕駛隨即調頭起飛了。

不一會兒，只剩下布萊恩和那隻狗，連聲音都沒了。只剩下湖泊、島嶼、森林，……還有那頭熊。

那頭熊仍然在那兒，牠挑錯時機、挑錯對象，牠這樣不對，做得太過分了。

布萊恩會把牠找出來。

然後布萊恩會殺了牠。

這純粹是個人因素。
還有許多活要幹呢！

# 11

## 獵殺布萊恩

布萊恩留下獨木舟，帶著狗兒、小刀，還有弓和箭袋；穿著輕便的鹿皮鞋、全黑的T恤，還有一件深綠色的輕便外套。

他帶了些火柴，還有小鋁鍋。他不知道這一趟要花上多少時間，只知道不成功絕不罷休，但他希望盡可能輕裝上路。

當他涉過淺灘，到達對面的湖岸時，他停下腳步，在臉上和頸上抹了幾道黑泥，然後竄進樹叢，跟蹤熊的行跡。

這些痕跡已經很陳舊，就快要消失了，但是這會兒，它們仍然可以幫助布萊恩進一步了解、認識那頭熊，布萊恩要盡可能地把握更多線索。

那頭熊剛開始沿著岸邊移動，走在軟泥地上，跟隨載著蘇珊的獨木舟，一直到風將獨木舟吹到遠方。然後牠才轉身而去，離開湖岸。

到了這裡，軟松針弄混了腳印，變得更難追蹤。不過那隻狗似乎注意到布萊恩的困境，於是走到前頭，低頭嗅聞。

布萊恩一開始舉棋不定，因為他還不是那麼了解狗。但是，一次又一次，在他跟丟足跡時，跟著那隻狗，就會再一次追到腳印。斷斷續續地追蹤了一個鐘頭之後，布萊恩完全信任那隻狗了。

彷彿擁有另一種感官似的，更別提牠會預先偵測到危險來警告你。布萊恩看著狗兒輕鬆的追蹤態度，可以判斷出氣味已經很舊，熊也走了很久。他們一起順暢地前進，布萊恩對那頭熊

更加了解了。

這頭熊很懶散。牠不爬坡，而是從坡邊繞過；翻動圓木、扒開殘幹，牠的爪痕與眾不同。

牠的左前掌上缺了一隻爪子，右爪中有一隻斷了一半。在泥巴或軟土中，很輕易就能看透牠、了解牠。

就在天黑之前，布萊恩到達那頭熊曾經躺下來小憩或過夜的地方。

那頭熊就著草叢茂盛的地方，攤平了一處當作床鋪。布萊恩輕觸地面，也不確定自己在找什麼，或許是在找那頭熊的一點觸感吧。

可是什麼都沒有。

草地是涼的，上頭結了露水，狗兒也顯得不緊張，於是布萊恩走到一旁，生了一小堆火來燒水，嚼食著他在木屋裡找到的一片肉乾。

他喝了點水，把火熄滅，走回樹叢裡，安頓好了準備休息。他暫時沒有打算要睡覺，但過了半夜，連蚊子都擋不住他的睡意。他信任狗兒示警的本領，於是假寐了一會兒，讓身心得到充足的休息。

布萊恩在天亮之前再度動身，當他無法辨識明確的訊息時，就跟著狗兒的腳步。但到了正午，他覺得隨著那頭熊迂迴的行跡起舞，很難有所斬獲。

他現在離攻擊事件發生的那座湖，可能有四、五哩遠了，而熊的行進顯然沒有規律可言，只是四處亂晃尋找食物。

那頭熊會留在一定的區域，要是布萊恩爬到地勢較高的地方，由上往下進行觀察，試著搶到那頭熊的前面，這樣比較有成功的機會。布萊恩知道牠不喜歡爬坡，於是放棄了氣味的線

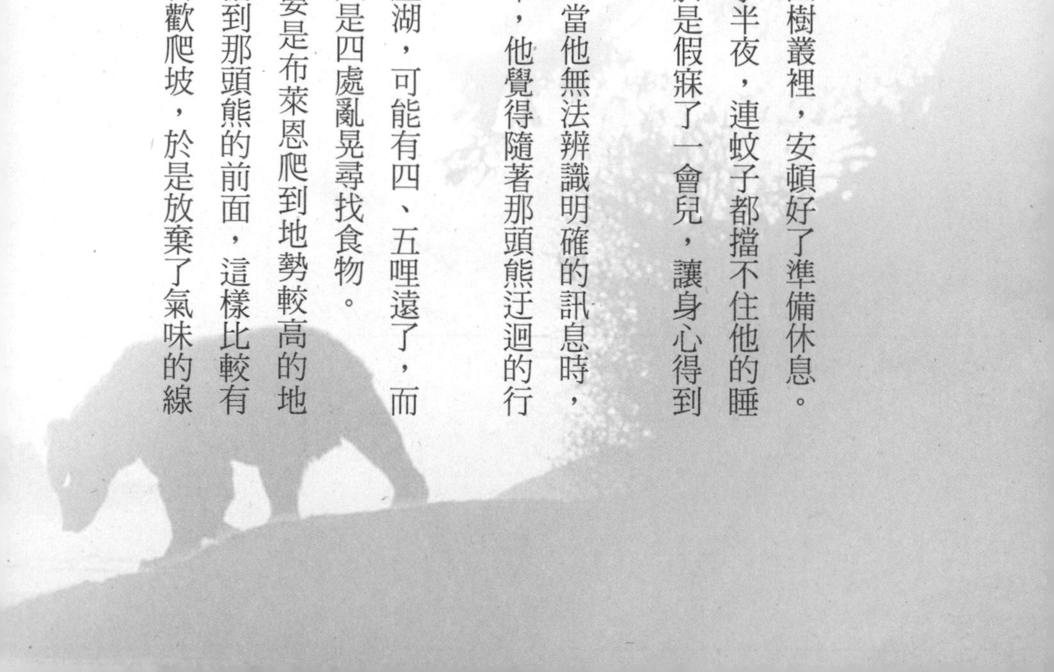

索，爬上附近的一座矮丘頂。

狗兒猶豫了一會兒，站在氣味的路徑上輕聲哀鳴。然後牠彷彿沒輒了，便跟著布萊恩到丘頂，趴在布萊恩的跟前，耳朵向前豎起，掀動鼻子以嗅聞更多氣味。

他們差不多一整天都這樣進行著，埋伏在丘脊上，緩慢地移動。布萊恩走沒幾步就停下來，聽一聽，並且看看狗兒的背毛和耳朵。

他怎麼也想不透，先前沒有狗的時候，怎麼撐得了這麼久呢？接著，他們看到了熊。

熊在他面前出現了三次，一頭是小母熊，還有兩頭小熊寶寶，但牠們都遠離布萊恩和狗兒而去，當他走到牠們留下痕跡的地方，就知道牠們與這起攻擊事件無關。

他認得攻擊大維一家人那頭熊的腳印，牠的右前掌稍微有點內彎，還有一隻斷爪，左前掌也缺了一隻爪子，非常容易辨識。

一整天都沒有新的斬獲，直到傍晚時分。

那時候，他們已經越過一道山脊，沿著山脊狩獵，前往另一座小山丘。不知怎地，他回到了先前攀越過的一座丘陵。

狗兒就走在他前頭，他起初並沒有發現，直到他越過山頂，才看到他們曾經停下來傾聽、休憩的地方。他認出那株矮小的橡樹，他曾經靠在上面。那棵樹在離地四呎的地方，有根扭曲的樹枝岔了出來。

「嗯哼……」他輕聲地說，聲音聽來有點詭異：「我們在兜圈子……」他停下腳步，因為狗兒不對勁了。牠原本嗅著地面，突然間豎起背毛，開始咆哮。

「怎麼了……」布萊恩走到狗兒站著的地方，看看地面，但

是腐植土和草叢非常厚實，布萊恩看不出有任何端倪。

他和狗兒一起屏住呼吸，專心傾聽，但他們什麼也沒有聽到。布萊恩回頭看看地上，也沒看到什麼。直到他沿著剛剛走過的路，往回走了三碼，才看到那兒有塊軟土，草皮被白尾鹿的打鬥磨禿了。

在泥土中央，有塊清晰的腳印。

碩大無朋的腳印缺了隻爪子，印記完整，而且是剛剛才踏上的痕跡。

就是牠了。

就是那頭熊。

牠尾隨著布萊恩，跟蹤他。

獵殺他。

不是別人，就是布萊恩。

在那漫長無涯的一剎那，布萊恩從獵人變成了獵物，背脊一陣寒意。

鹿被狼群相中的時候，肯定就是這種感覺；狐狸開始追逐的時候，兔子肯定就是這種感覺。寒徹心肺，無法呼吸；時間暫停，無法思考。

一剎那間，有某種感受壓過了恐懼，一種非常古老、非常原始的感受。

那頭熊獵殺的對象，就是布萊恩。

當他想到熊的腳印究竟有何意義，以及迫在眉睫的事情後，一切煙消雲散；那股寒意及恐懼消失了，取而代之的是某種更純粹、更為原始的情緒。

再也不是布萊恩要獵殺那頭熊了，而是牠在獵殺布萊恩。過不了多久，牠就會趕上布萊恩，馬上就會。

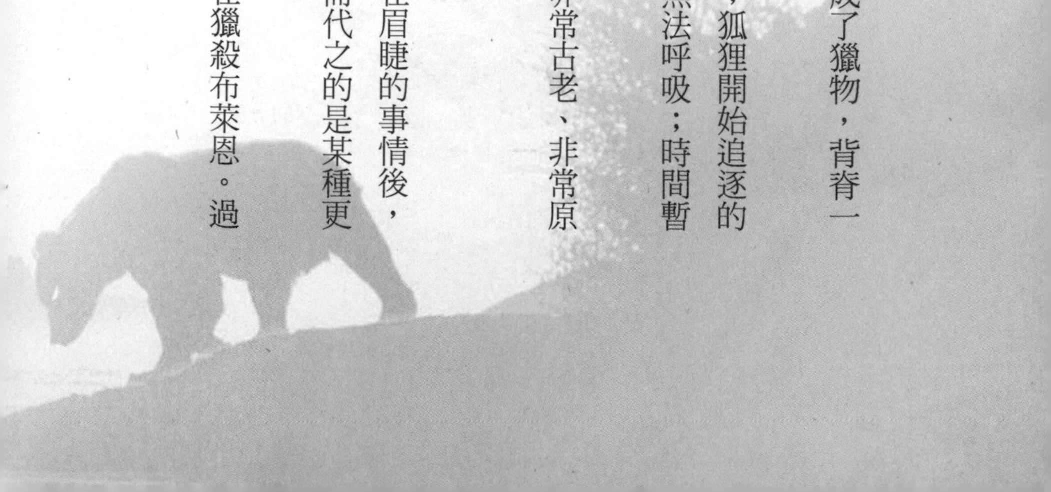

布萊恩心想：現在是薄暮時分，不到一個鐘頭天就黑了。那頭熊有多快？毫無疑問，比我快很多。我在三個鐘頭前經過這裡，如果那頭熊沿著我的行跡前進，那麼牠可能就在附近，近在咫尺。

電光火石之間，布萊恩不經意看向那隻狗，狗兒的頭轉向左方，布萊恩在同一時間伏倒轉身。伏倒之際，他聽見穿林而出的聲音。他舉起弓箭，試圖將寬頭箭往後拉，但太遲了，一切都太遲了。

熊來到他面前，將他翻了個跟斗，一掌揮下。布萊恩手中的弓被擊落，往前飛去，箭從袋中四散飛出。

那頭熊異常安靜，推擠、揮打著布萊恩。

布萊恩縮成球狀，打了個滾，但他隨即知道這個動作對眼前這頭熊並不管用。這頭熊是來要布萊恩的小命，眼看牠就要殺

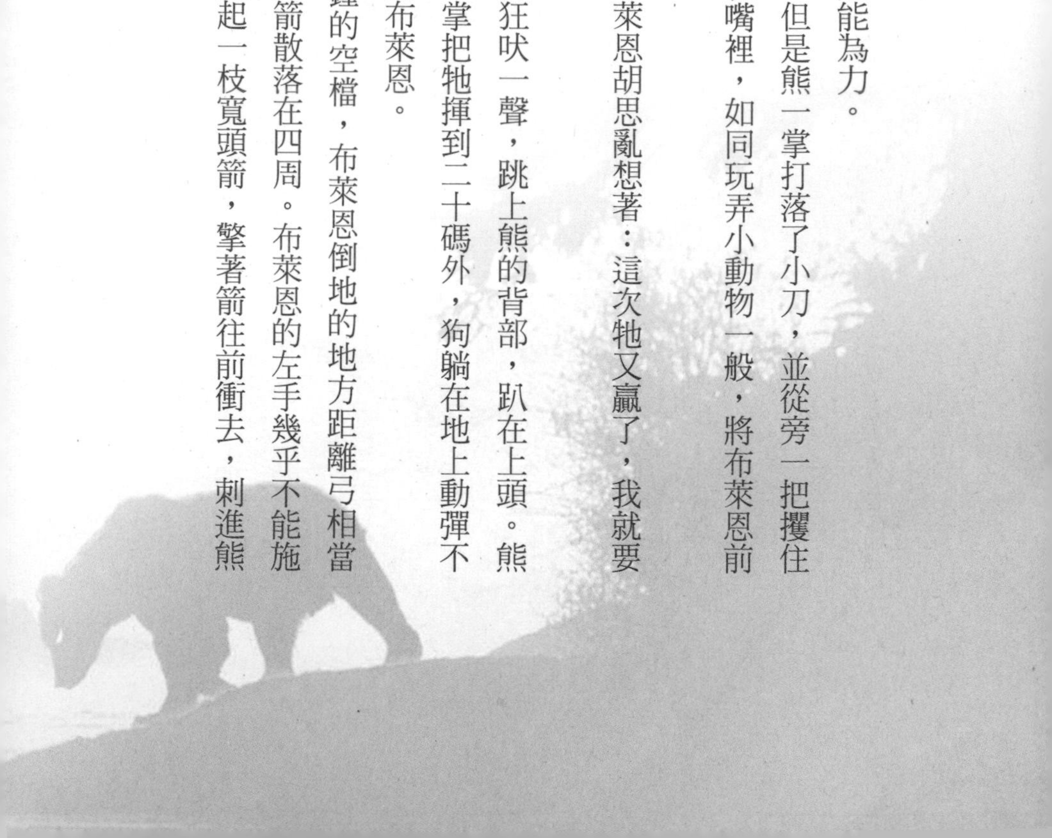

掉自己，布萊恩卻無能為力。

布萊恩掏出小刀，但是熊一掌打落了小刀，並從旁一把攫住布萊恩的左手，咬在嘴裡，如同玩弄小動物一般，將布萊恩前後甩來甩去。

我完蛋了，瞬間布萊恩胡思亂想著：這次牠又贏了，我就要沒命了。

然後他聽到那隻狗狂吠一聲，跳上熊的背部，趴在上頭。熊轉身攻擊那隻狗，一掌把牠揮到二十碼外，狗躺在地上動彈不得。接著，熊又轉向布萊恩。

但這當中有兩秒鐘的空檔，布萊恩倒地的地方距離弓相當遠，但從袋中飛出的箭散落在四周。布萊恩的左手幾乎不能施力，於是他用右手抓起一枝寬頭箭，擎著箭往前衝去，刺進熊的胸口中央。

布萊恩感到訝異，箭頭非常平順地鑽進心窩，只剩六吋的箭身露在外面。布萊恩心想：**好了，搞定了……**。

但事情並非如此。熊猛地揮向胸口的箭，折了下來。在此同時，布萊恩試圖閃遠一點，但那頭熊一把攫住布萊恩的腿，將他拽了回來。

當布萊恩在地上滑行時，碰到了另一枝箭，他一把握住，轉過身來刺進熊的心窩。然而這還不夠，此時熊一掌拍下，打在他的腦袋上。

布萊恩倒了下來，眼前最後的景象是毛茸茸的一堵巨牆覆蓋在他身上。他心想：**沒辦法了，一切就這樣結束了**。

一切就這樣結束了。

所有事物逐漸遠去，只留下一絲光亮。不久，光亮暗去，什麼也沒有留下。

有個聲音，輕柔的嗚咽聲。這一瞬間，布萊恩想著：我還活著嗎？

四周依舊一片漆黑，他被一片巨大的陰影壓垮，然後他聞到了熊的味道；熊壓在他身上，覆蓋著他。

他又聽到了聲音，是那隻狗。牠舔著布萊恩的臉，拽他的T恤。那頭熊壓在他上頭，一動也不動，當場死亡。第二枝箭終於收拾了牠。

布萊恩在地面和熊之間掙扎，終於脫身而出。

天還沒亮，但並不是一片漆黑，微光中，布萊恩瘸著腿、抱著左臂，找了些木柴生火。

布萊恩就著火光，先看了看那隻狗。原本的縫線沒有斷裂，令人難以置信。但頭頂上添了一道新傷口，大概四吋長，看來沒有顯著的外傷。

安頓好狗兒之後，布萊恩轉而看看自己。

他的手臂和腿上有咬痕，但不是嚴重的撕裂傷。左肩似乎脫臼了，布萊恩試著舉起手臂，聽到喀啦一聲，在猛烈的劇痛中，關節硬是回到原位。他痛得雙膝著地，眼前一花。

「哇啊！……」

但是沒有其他嚴重的傷害。剛開始，他簡直難以置信。那頭熊彷彿將他全身蹂躪遍了，又咬又打，他以為傷勢會比現在嚴重得多……。

布萊恩看看那頭熊。狗兒原本繞著屍體打轉，依舊豎起背毛，齜牙狂吠。但那頭熊沒有動靜，確實死了。

狗兒於是走近了一些，在熊腿上灑了泡尿，再用後腳把沙土撥在屍體上，然後走到一旁，坐下來舔起左後腳上的一小道割傷。

那頭熊倒地而死，布萊恩試著仿效那隻狗，尋找一點勝利的感動與獲勝的喜悅。然而，現在他腦海中都是大維和安，還有蘇珊和她的弟妹這一生所要蒙受的巨大傷痛。

他認為不只如此，他甚至希望能夠感覺到其他事物。但什麼都沒有，只有失去朋友的感覺。

還有一頭死去的熊。

不是萬惡不赦的人，不過是頭死去的熊，就和他曾經獵殺的其他動物並無二致。殺了這頭熊也換不回他失去的朋友，也無法減輕蘇珊和她弟妹的傷痛。

他殺了一頭熊，不過就是這麼一回事。

現在他得要收拾殘局。

布萊恩扒下熊皮，將屍體拖到湖邊，放到獨木舟上，回到營地，設法減少不必要的浪費。因為不論是白白糟蹋這頭熊，或是在牠做過那一切之後留牠活路，都是不對的。

布萊恩就著火光，找回了弓箭和小刀，還有那只小鋁鍋，鍋子上還留著齒痕。布萊恩將邊緣扯下，讓鍋子勉強堪用。

湖泊就在不遠處，布萊恩打了些水煮沸，分一些給狗兒喝，自己也喝了一點，然後熱了些泥巴，敷在自己的傷口及狗兒的頭上，避免隨著早晨而來的蒼蠅侵擾。然後，他拿起小刀，對著那頭熊。

# 後記

我幾乎可以聽到人們說：「你說過，上一本書就是《手斧男孩》系列的最後一本。」我是這麼說的。

但是讀者迴響非常熱烈，每天我都收到上百封信件，想再看看布萊恩，於是催生了這本書。

我以後不會說自己再也不寫關於布萊恩和北方森林的文字了……對許多人來說，布萊恩在某種意義上是一個真實的人物，他們希望能夠多看看他，於是……於是，我們就走著瞧吧。

接下來談談這本書的主題。你很難把任何動物當作是一種邪惡的存在，只有人類有那個能耐，去遂行真正的邪惡及蓄意的殘忍。

在動物當中，熊所呈現的姿態尤其可愛。被浪漫化的熊，與現實中的熊相去甚遠。熊的本質在泰迪熊和小熊維尼的形象中迷失了。我可以明白人們會怎麼看待故事裡的這頭熊，還有攻擊事件。

幾年前，有一部電影《威鯨闖天關》，內容是有個小男孩幫助身陷網羅的殺人鯨重獲自由。

電影上映後不久，我接受Call-in節目的訪問，提到我曾經看過兩頭殺人鯨拿海豹寶寶來玩耍，當玩具一般扔來扔去，然後才殺了吃掉。

這下子電話多到占線了，大家都說：「殺人鯨是很友善的呀！」有時候情況的確是這樣沒錯，「而且牠們只會吃魚，」—

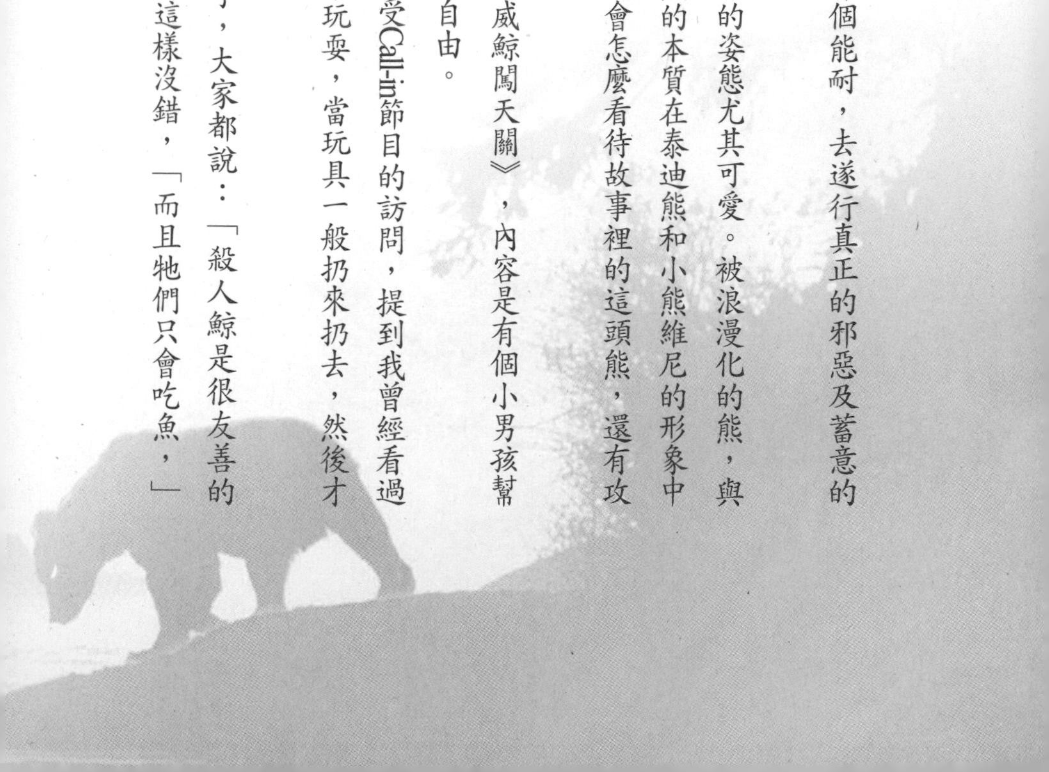

這可就不是真的了。

殺人鯨不只會吃海豹，還經常吃海豚，在紐西蘭沿岸，還有一頭母鯨帶著小鯨魚攻擊用水肺潛水的人。

殺人鯨是海中的野狼，就像身旁有狼群一樣，為了滿足殺人鯨的食欲，總有些東西必須喪命。

至於熊又是怎麼回事呢？熊的確可愛又聰明，有時還挺討人喜歡，但是牠們也會獵食其他生物，這是事實。牠們攻擊人類，把人類吃掉的機會，比有些人願意承認的高出許多。

有一頭熊曾經在半夜闖進我關雪橇犬的狗屋裡，把一隻對我有特殊意義的狗——霍克——一擊斃命，然後飽餐一頓。

熊還曾經將我太太從庭院追進屋子，差點兒就逮到她了。之後，牠把一隻叫做昆西的小獵犬掛在脖子上，揚長而去。

我朋友有個外甥去參加威斯康辛的童軍營。夜裡，有一頭熊把他拖出帳棚，打算吃掉他。

幾十個童子軍用石塊和樹枝群起攻擊牠，那頭熊才肯罷休，把小男孩放下後逃走。他外甥後來縫了上百針，但手臂的動作無法完全復原。

在這本書的攻擊事件中，有一對夫婦喪命，太太的身體被吃掉了一部分。而真實版本就和我的描述幾乎一模一樣，就在加拿大的森林中，他們乘著獨木舟要去釣魚，來到湖上的一座小島。熊攻擊他們，夫妻雙雙殞命，太太被熊拖到一旁享用。

我們不樂於將自己設想成獵物，這樣太妄自菲薄了。但事實上，在我們妄自尊大的心理，以及所謂的「知識」蒙蔽之下，我們誤以為自己得天獨厚。

我們和其他動物一樣，都是大自然的一分子，有些動物只是把我們當成食物來源、鮮美肉塊，比方鯊魚、野狼、熊，還有

病媒蚊，多不勝數。

牠們可不會把人類是萬物之靈那一套放在心上。

這些事能夠讓人震懾，讓人謙遜，也教人銘記在心，是非常具教育意義的。

遇到這樣的動物，有時可是性命攸關的事情！

編後語

# 《手斧男孩》教我們的一些事

## 不要怕面對孤獨

《手斧男孩》中，布萊恩因墜機而獨自置身荒野。獨自一人的恐懼與生存挑戰，讓布萊恩由裡到外，身心澈底成熟長大。漸漸地，布萊恩卻喜歡獨自一人重返荒野。孤獨中，他學會傾聽，也真正聽見了，聽見外在絲絲聲、轟轟聲、細微聲，還有蟲鳴鳥唧，以及魚兒跳躍……等，千百種豐富的聲音，也聽見了自己內在的聲音。

## 自然保育的重要與必要

在美國，每一州對於打獵活動都有法律規範，還有許多州，想要打獵或釣魚的話，必須領有執照。在台灣，一樣也有打獵的法律規範，你知道內容是什麼嗎？或許可以去找來看看，你對山林保育會更有概念。也請你想想，為什麼必須有這些規範？

## 千萬別輕忽隨身工具

在《鹿精靈》與《獵殺布萊恩》中，布萊恩隨身攜帶了一些工具進入森林（參見《鹿精靈》第9章，以及《獵殺布萊恩》第1章）。

布萊恩為什麼選擇帶這些工具？對野外生活有何作用？

如果你要獨自進入原始叢林，而你只能攜帶五件物品，仔細想想，你會帶哪五樣東西？理由是什麼？請務必記得，任何一件東西。都可能是在荒野中生死存亡的關鍵。

## 可以恐懼，但不要恐慌

布萊恩的野外生存技巧愈來愈厲害，總能想出解決問題的辦法。但在《獵殺布萊恩》中，當他前往克里族友人的木屋時，卻面臨了前所未有的恐懼。面對恐懼，讓布萊恩更加意識到，千萬別輕忽自然界所傳遞的訊息。恐懼來自未知，布萊恩如何觀察、接收自然的訊息？又如何將這些蛛絲馬跡轉化成訊息判斷的依據？

# 《手斧男孩》還可以讓我們學習

## ✓向動物學習

布萊恩在荒野中認識了許多動物，而且明白牠們如何彼此溝通。你可以從布萊恩在《手斧男孩》、《領帶河》、《另一種結局》、《鹿精靈》和《獵殺布萊恩》中所遇到的動物，選擇任何一種，研究牠們如何畫定勢力範圍？如何溝通？如何保護自己？

## ✓數學大不同

置身荒野之中的布萊恩，常運用到許多不同的數學原理，讓自己存活下去。比如，他必須計算他還有多少天的存糧；打獵時，必須精確計算他和獵物間的距離，才能百發百中。所以，別再討厭數學了，不只是為了考試，數學可是重要的求生技巧之一！

## 不貪婪、不浪費

布萊恩的打獵工具跟從前的獵人很類似，布萊恩也知道在不同狀況下，必須使用不同工具。不只是工具的運用，布萊恩對於打獵的理念，也接近美洲原住民，也就是只取自己所需要的，絕不浪費；一隻動物要存活，必定有一隻動物要死亡，這是大自然的規則，但是，每一隻獵物的死亡，都必須有其意義。

## 文字與想像的藝術

《手斧男孩》系列，作者蓋瑞．伯森運用了諸多意象來描繪各種感官體驗，包括視覺、聽覺、嗅覺、味覺，以及觸覺。你要不要試試運用蓋瑞．伯森筆下的意象，用你自己的語言和文字，創造屬於自己的譬喻或描述。

讀者迴響

# 用心活下去

撰文／陳正昇（高中物理老師）

回憶並統計一下，在漫長的暑假裡，你曾經有多少天感到生活無聊或生命乏味？如果你高興，也可以將時間拉長一點來看，到目前為止的人生旅途中，有多少段的歲月讓你覺得，活著像一塊已經咀嚼了千萬次的口香糖？或是像開罐已久，完全沒有二氧化碳的汽水？

如果有人宣稱一次也沒有過，我只能拱手說：佩服、佩服。然而像我這樣的一介凡夫俗子，做不到那樣超凡入聖的境界。雖然我非常明瞭：肉身難得，生命可貴。要投胎轉世變成凡人，雖然未如成仙成佛需要千年修為，但也是殊為不易的因緣果業。

每一秒的生命都是神賜的恩典，每一天都有機會出現美妙的奇蹟，但是我必須坦白，我還是會三不五時、初一十五就陷入無聊與無賴的狀態，做任何事都提不起勁，活得像是一具殭屍，總是要一些刺激或當頭棒喝，才能脫離那個欲振乏力的泥沼與苦海。

所以我很想問上帝的問題之一便是：要怎麼做、怎麼活、怎麼思想，才能讓每一天的生命都是處在飽滿敏銳的邊緣？這是一個凡人可以期待的生活嗎？還是只能無窮逼近的一條極限？

恰好最近讀了一本曾獲紐伯瑞獎的青少年小說《手斧男孩》，忽然覺得，某種程度上，它是上帝在冥冥之中給我的一個暗示。

《手斧男孩》敘述一個十三歲的少年布萊恩，在歷經飛機失事大難不死後，一個人憑藉一把手斧，在加拿大原始森林中求生的故事。簡單說，其實就是縮小版或少年版的《魯賓遜漂流記》（森林取代荒島）。

因為作者在從事小說創作之前的生活閱歷非常豐富（屬於少也微賤，故多能鄙事之流），所以對這個小男孩在空難浩劫後，如何在殘酷的大自然野地求生的描寫，有一種引人入勝的況味。

但是，我要說的不是這本書的內容簡介，而是岔出去，試著回答上述自己的問題。

人類對生命會產生疏離，有一個重要原因——那就是脫離了生命的真實原始狀態。

大自然中的任何生命想要存活（to be alive），生命的每一剎那都是緊張的，這其中牽涉到與其他物種的食物鏈關係（他吃我，我吃你），還有與大自然力量及環境消長的鬥爭（與天鬥，與地鬥）。

但是反過來說，每一個生命又是緊緊地與其他物種像拼圖般嵌合在一起，共同維持一種整體的和諧，沒有其他的生命，老實說無法想像單獨的個體。人類離開了大自然，走入文明，注定要開始無聊空虛起來。

在小說中，布萊恩為了活下去，從一個都市化的小孩，逐漸恢復一個原始人類自身所擁有的許多求生本能。外表上看，好像是退化了（從文明時髦的都市小孩變成原始森林的小野人），但是心靈上卻是升級了（一種更單純的快樂與滿足，從身心自然湧現）；身體的感官更加敏銳，可以分辨更多細微的聲音，可以聞出午後即將來到的陣雨；內心的自我能量更加堅強，可以承受更多的威脅、寂寞與黑暗。當然，小說一開始，父、母親離婚所造成的陰霾也隨風而逝了。

回到大自然，像梭羅在華爾騰湖畔，用自己的雙手養活自己，過最簡單的生活，生命的回饋會是最豐富的。麻煩的是，我們大部分的人都不能輕易甩掉一切，然後走到深山隱居，所以退而求其次只能靠想像力了。

你要能夠想像生活在都市文明中的這一切，其實有另外一種可能，愈方便的生活會讓我們離這種可能更遙遠，也就使我們的內心更加空洞。這是文明的一刀兩刃啊！

最後節錄一段出現在《如果世界是100人村》這本小書中的話當結尾：「……最重要的是，你可以活在這世界上。……所以請你發自心底的歌唱吧！自在的跳舞吧！用心的活下去吧！就算受傷，也當作沒有受過傷似的去愛吧！」

# 手斧男孩大冒險

荒野求生×落難童年

★誠品書店年度TOP100青少年類第一名！
★博客來網路書店年度百大！
★美國最受年輕讀者歡迎的作家之一蓋瑞・伯森最膾炙人口的系列作品！
★騙倒《國家地理雜誌》的13歲男孩求生傳奇！
★美國紐伯瑞文學大獎（Newberry Honor Books）肯定！
★暢銷全球2,000,000冊！

## 手斧男孩 首部曲

★博客來網路書店親子共享類暢銷排行第二名

吃漢堡長大的13歲紐約少年布萊恩，因飛機失事，墜落在杳無人煙的森林中。他幸運逃過一死，卻必須獨自面對絕望、恐懼、大黑熊、不知名的野獸，沒有食物、沒有手機和無線電，身上唯一的工具，只有一把小斧頭，布萊恩如何面對前所未有，且關乎存亡的挑戰？

## 手斧男孩②領帶河

這一次，布萊恩不再是孤獨一人，政府派來的心理學者德瑞克將陪他進行觀察並記錄下一切。可是，一場暴風雨中，德瑞克被閃電擊中，昏迷不醒，無線發報機也失靈！布萊恩必須帶著命在旦夕的德瑞克到百哩外求救。布萊恩唯一的機會是一艘木筏和一張地圖，順著河流，一場與時間相搏的河上求生，慌張開跑……

## 手斧男孩③另一種結局

蓋瑞．伯森改變了布萊恩在《手斧男孩》中終於獲救的結局，並隨著嚴冬來到，他讓布萊恩面對更嚴峻的挑戰。置身大雪冰封的森林之中，孤獨一人的布萊恩如何面對致命的嚴冬？如何讓自己生存下去？

## 手斧男孩④鹿精靈

經過大自然的重重試煉後，布萊恩回到現代化城市，卻感到比在荒野之中更孤立無援。唯一的解決之道就是，必須重回荒野大地，只有回到曠野之中，布萊恩才能找回自己真正的生命道路。

## 手斧男孩⑤獵殺布萊恩

勇敢面對重重考驗之後的布萊恩，對於大自然的愛遠甚於所謂文明世界。一天，當他紮營在森林中一處湖畔時，意外發現了一隻受傷的小狗。當布萊恩悉心照料這隻小狗時，也想起了住在營地北方的克里族友人。直覺與不安告訴布萊恩，必須盡速趕往北方。北方森林裡肯定出事了，帶著忠心的新夥伴，布萊恩展開了一場救援朋友的狩獵行動。

## 手斧男孩．落難童年求生記

**★紐伯瑞文學獎暢銷作家Gary Paulsen自傳小說**

父母是酒鬼，學校如地獄，只有森林和圖書館是男孩的安全堡壘……這一次，蓋瑞．伯森帶來親身經歷的精采童年故事，他在廢墟與暗巷間潛行，到森林中自己打獵覓食，最苦中作樂、笑中帶淚的動人成長歷程。

# 鯨魚少年之歌

## 《手斧男孩》作者最後的冒險故事

**★Amazon精選「年度最佳童書」**
**★以中古歐洲的霍亂疫情為歷史背景，結合北歐神話傳奇色彩**
**★媲美海明威經典《老人與海》的雋永之作！**

**面對致命的瘟疫、險惡的大海，**
**鯨魚少年如何在驚心動魄的航行中，**
**找到生存的意義與勇氣？**

「唯有離開才能活命，往北走，別回頭……」
沒有影子的男人駕著死亡之船來訪，同伴接連倒下，12歲的雷夫被迫划著獨木舟邁向大海，在洶湧的浪濤與陌生的島嶼間，不斷奮鬥，不斷學習，只求生存。

一路上，飢餓的巨熊差點發現他、湍急的瘋狂漩渦想吞噬他、崩解的巨大冰山差點砸中他。但是奧丁神不只為雷夫降下殘酷的考驗，也為他帶來生命的溫柔慰藉：調皮的虎鯨與海豚成為他的朋友，海潮與洋流引領他發現迷霧冰山後的祕境，而他最最思念的媽媽，化為鯨魚與他重逢……

蓋瑞．伯森 Gary Paulsen 著

生命的動盪磨礪了雷夫的意志與靈魂，也讓他學會尊重自然、與萬物共存。
究竟在這片浩瀚無垠的大海中，雷夫能否找到生命的歸宿？

「這個故事在我心中……已經醞釀了一輩子。」——蓋瑞．伯森

# 我的「ㄎ一ㄤ爸」改造日記

## 用《幼犬訓練手冊》改造怪咖老爸的偉大實驗

★《葛瑞的囧日記》的荒謬爆笑×《紙牌的秘密》的父子深情
★紐伯瑞金獎暢銷作家蓋瑞·伯森生前最後的爆笑傑作

**任務難度：SSS級！**
**用一本《幼犬訓練手冊》教出好老爸！**
**～比馴龍還難的「馴爸高手」養成之路～**

本書記錄我完整的老爸訓練過程，願你們讀得開心
（也祝你成功訓練你家老爸！）

嗨，我叫卡爾，12歲，家裡住了一個地表最「ㄎ一ㄤ」老爸。

老爸說，我們家要什麼有什麼，種菜有（廢水味的）河水灌溉，養了數不清的雞（牠們進出自由、還能帶朋友回來），而且「只花能量，不花錢」，就能弄到很多好東西！例如幫女車主換油，就能交換到幾件永遠穿不壞、屁股繡了「甜姐兒」的粉紅性感吊帶褲。

這種（經常穿著粉紅色吊帶褲在翻找垃圾的）怪咖生活方式，讓我在學校顯得格格不入，根本交不到（女）朋友。既然不能改變我的出身，就只能改造老爸了……而我不愧是瘋狂天才科學家老爸的兒子，在命運對我猛打暗號時，便想出一個超級好點子，就此展開我的偉大實驗！

蓋瑞·伯森 Gary Paulsen 著

# 年糕奶奶@便便變 (1)~(3)

姜孝美 강효미 著
金鵡妍 김무연 著

**校門口的辣炒年糕店老闆，**
**打烊後竟然化身為孩子的最強守護英雄？！**
**變身魔法咒語：**
**「年糕奶奶變！年糕奶奶便便！年糕奶奶便便變！」**
**出任務好伙伴：「便便神喵」起司**

陽光小學的小朋友最喜歡光顧年糕奶奶的辣炒年糕店，店裡除了有好吃的料理，所有小朋友也很喜歡和年糕奶奶談心，據說只要跟她說出自己的心事，所有煩惱都會飛走！

年糕奶奶一聽到小朋友受委屈，無論是被同學取笑，還是被媽媽責罵，她都非常心疼。她會念出魔法咒語，變身成堅定的正義使者「便便奶奶」，和「便便神喵」一起出任務，發掘不為人知的真相！

❶ 追查放屁凶手!　❷ 網紅排行榜的祕密　❸ 年糕店快倒了，怎麼辦？

# 穿越古代當神探 (1)+(2)

**最好玩的古代時空旅行**
**化身小神探，穿越到古代破懸案**
**迷宮尋寶、碎片拼圖、地牢逃脫、密探偵查……**
**燒腦推理解謎關卡，闖遍古代大小事！**

小神探勇闖2,000多年前的中國古代，從劉邦建立西漢，到到明末萬曆朝鮮戰爭，共須破解36個以重大歷史故事改編的案件！辦案不僅考驗邏輯思考與觀察力，更將收穫滿滿的趣味歷史知識。案發現場以橫幅大彩畫呈現，生動還原歷史建築、珍貴文物、朝代服飾等古代生活風貌！

**段張取藝** 著

**❶【兩漢、唐朝】**

劉邦皇帝好煩惱，
神探快來幫幫忙！

**❷【兩宋、明朝】**

海盜來襲，
明朝陷入大危機！

# 1分鐘看地球

## 全球兒童瘋迷、5億人搶著看的STEAM科學動畫書
## （附YouTube英文影片QRcode）

★科學腦UP！最佳自然延伸閱讀，全方位奠基孩子的自然素養！
★思辨力UP！從不一樣的觀點思考問題，培養理性思維！
★好奇心UP！從日常挖掘最有趣的科學問題，發現生活中的不可思議！

**科學知識 × 超可愛插圖 × 跨領域專家團隊製作，**
**掃描QRcode看動畫，讓科學更有趣！更好懂！**
**1分鐘看完，3秒愛上自然科！**

美國超人氣科普動畫YouTuber團隊MinuteEarth，從將近300支熱門影片中，精選孩子最好奇的自然科學問題，範圍涵蓋地球科學、生物知識、環境生態、生活科技，給孩子最可愛的趣味自然課！搭配延伸影片，更能啟發興趣、強化理解，建立科學素養！

◎ 候鳥遷徙時，為什麼不飛直線，反而繞遠路？
◎ 寵物倉鼠為什麼會吃自己的寶寶？是主人給太少飼料嗎？
◎ 毛衣丟入洗衣機會縮水，但為何綿羊淋雨後卻不會被身上的毛勒到喘不過氣？
◎ 什麼疾病比Covid-19更可怕，連居家隔離、社交距離都防不住？
◎ 全力搶救貓熊，反而會害瀕危生態系更快滅絕？

地球一分鐘 MinuteEarth 著

故事盒子 5

# 手斧男孩5 獵殺布萊恩【35萬冊暢銷紀念版】


作者　蓋瑞・伯森Gary Paulsen
譯者　奉君山

野人文化股份有限公司

社長　張瑩瑩
總編輯　蔡麗真
副總編輯　陳瑾璇
責任編輯　李依蒨、李怡庭
專業校對　袁若喬、林昌榮
行銷企劃經理　林麗紅
行銷企劃　李映柔
封面設計　李東記
內頁排版　洪素貞

出版　野人文化股份有限公司
發行　遠足文化事業股份有限公司 (讀書共和國出版集團)
地址：231新北市新店區民權路108-2號9樓
電話：（02）2218-1417　傳真：（02）8667-1065
電子信箱：service@bookrep.com.tw
網址：www.bookrep.com.tw
郵撥帳號：19504465遠足文化事業股份有限公司
客服專線：0800-221-029
法律顧問　華洋法律事務所　蘇文生律師
印製　呈靖彩藝股份有限公司
初版　2006年1月
二版　2012年6月
三版　2024年2月





歡迎團體訂購，另有優惠，請洽業務部（02）2218-1417 分機 1124

國家圖書館出版品預行編目資料

手斧男孩 (5) 獵殺布萊恩 / 蓋瑞・伯森 (Gary Paulsen) 著 ; 奉君山譯 --【35 萬冊暢銷紀念版】-- 新北市 : 野人文化股份有限公司出版 : 遠足文化事業股份有限公司發行 , 2024.01
面；　公分 . -- ( 故事盒子 ; 5)
譯自 : Brian's Hunt
ISBN 978-986-384-992-6( 平裝 )
ISBN 978-986-384-990-2(PDF)
ISBN 978-986-384-989-6(EPUB)

874.59　　112020699




野人文化 官方網頁

野人文化 讀者回函

手斧男孩 (5) 獵殺布萊恩

線上讀者回函專用 QR CODE，你的寶貴意見，將是我們進步的最大動力。

野人文化
讀者回函卡

野人

姓　名　　　　　　　　　　□女 □男　年齡

地　址

電　話 公　　　　　　宅　　　　　　手機

Email

學　歷 □國中(含以下) □高中職 □大專 □研究所以上

職　業 □生產/製造 □金融/商業 □傳播/廣告 □軍警/公務員
□教育/文化 □旅遊/運輸 □醫療/保健 □仲介/服務
□學生 □自由/家管 □其他

◆你從何處知道此書？
□書店 □書訊 □書評 □報紙 □廣播 □電視 □網路
□廣告 DM □親友介紹 □其他

◆你以何種方式購買本書？
□誠品書店 □誠品網路書店 □金石堂書店 □金石堂網路書店
□博客來網路書店 □其他 ____________

◆你的閱讀習慣：
□百科 □生態 □文學 □藝術 □社會科學 □地理地圖
□民俗采風 □休閒生活 □圖鑑 □歷史 □建築 □傳記
□自然科學 □戲劇舞蹈 □宗教哲學 □其他

◆你對本書的評價：（請填代號，1. 非常滿意　2. 滿意　3. 尚可　4. 待改進）
書名 _____ 封面設計 _____ 版面編排 _____ 印刷 _____ 內容 _____
整體評價 _____

◆你對本書的建議：

廣　告　回　函
板橋郵政管理局登記證
板 橋 廣 字 第 143 號

郵資已付　免貼郵票

231023
新北市新店區民權路108-2號9樓
野人文化股份有限公司 收

野人

請沿線撕下對折寄回

野人

書名：手斧男孩 (5) 獵殺布萊恩【35 萬冊暢銷紀念版】

書號：0NSB6005